Queen's Case:
A Collection of Contemporary
Jamaican Short Stories

Alecia McKenzie
Chen Yongguo

女王案：

当代牙买加短篇小说集

［牙买加］阿莱西亚·麦肯齐 —————— 主编
［中］陈永国

陈永国　沈新月 ———————————— 译

北京大学出版社
PEKING UNIVERSITY PRESS

目录

一

序

一

自 1987 年牙买加作家奥利夫·塞尼奥尔（Olive Senior）首次获得"英联邦作家奖"（Commonwealth Writer's Prize）以来，牙买加文学在全球文学场域内越来越为人瞩目，逐渐从"加勒比海文学"中分离出来，进入国际读众的视野。

塞尼奥尔以她的短篇小说集《夏日闪电》（*Summer Lightning*）打败了比她知名得多的玛格丽特·阿特伍德（Margaret Atwood）和本·奥克利（Ben Okri）。这场备受瞩目的胜利极大地鼓舞了牙买加和加勒比海地区的文学产出，在此后的三十年中掀起了一股高涨的文学热潮。

1989 年，牙买加作家俄尔纳·布罗波尔（Erna Brodber）再次以《马亚尔》（*Myal*）一书获得加勒比海地区的同一奖项。而后，1993 年，出生于金士顿的阿莱西亚·麦肯齐（Alecia McKenzie，本书的合作主编）又以故事集《卫星城》（*Satellite City*）获得该地区"英联邦作家奖"的"最佳处女作奖"（Commonwealth Writer's Prize — Best First Book Award），并由于其相关主题而被誉为"加勒比海妇女小说的转折点"。2012 年，麦肯齐以第一部长篇小说《甜心》（*Sweetheart*）获得了另一个类似奖项（该奖项现已被重新命名为"英联邦图书奖"[Commonwealth Book Prize]）。同年，牙买加作家狄安妮·马考雷（Diane McCauley）获得了该地区"英联邦短篇故事奖"，这是每年颁发给尚未发表的 2000～5000 字的短篇故事奖。

2014 年，年轻的牙买加诗人、学者和小说家凯·米勒（Kei Miller）以其诗集《绘图者的天国之路》（*The Cartographer Tries to Map a Way to Zion*）荣获英国诗歌奖中的最大奖项之一"促进奖"（the Forward Prize），整个加勒比海地区为之喝彩。设立此奖的目的是为了"庆祝卓越和增加诗歌读者"。2015年，马龙·詹姆斯（Marlon James）以其小说《七次凶杀简史》（*A Brief History of Seven Killings*）获得著名的"布克奖"（Man Booker Prize）。该书销量已达五十多万册。也是在2015年，牙买加美裔诗人和散文家克劳迪亚·兰吉尼（Claudia Rankine）发表《市民：一首美国抒情诗》（*Citizen: An American Lyric*），获得"促进奖"，是1992年设立以来获得该奖的第二位牙买加诗人。除此之外，兰吉尼还获得过"国家图书批评家奖"（National Book Critics Circle Award）和"洛杉矶时代图书奖之诗歌奖"（the Los Angeles Times Book Prize in Poetry）。同年，阿莱西亚·麦肯齐的短篇故事《辛迪的写作课》（"Cindy's Class"）入围"英联邦短篇故事奖"（the Commonwealth Short Story Prize）。该篇故事收入本集中。

奥利夫·塞尼奥尔获得"英联邦作家奖"的三十年

后，2016 年她再次获得"加勒比海文学 OCM 勃卡斯奖"（2016 OCM Bocas Prize for Caribbean Literature），这是每年一度的加勒比海作家奖，也是该地区少数几个文学综合奖项之一，主要颁发给虚构小说、诗歌和非虚构作品等文类。塞尼奥尔的获奖作品是故事集《痛苦树》（*The Pain Tree*）；前一年她曾以《渴望更好：西印度群岛人与巴拿马运河的建造》（*Dying to Better Themselves: West Indians and the Building of the Paname Canal*）入围该奖项的非虚构作品奖。

这些重要奖项的获得标志着牙买加文学已经以独立于加勒比海文学的身份出现，其主题包括移民、社会动荡、经济贫困、人民的不稳定性、文化艺术、种族主义以及殖民主义和奴隶制的遗产等。牙买加当代文学可追溯到 19 世纪初的一个文学传统，其中国际知名作家包括克劳德·麦凯（Claude McKay）和罗杰·麦斯（Roger Mais）。然而，就当代而言，牙买加妇女作家格外出彩，尤其是在短篇小说领域。而在诗歌和长篇小说领域，男性作家则独领风骚，并有悠久的传统。

　　本集所选作家包括现代牙买加文学运动的开创者，如奥利夫·塞尼奥尔、维尔玛·波拉德（Velma Pollard，曾获古巴卡萨德拉美洲奖）和厄尔·麦肯齐（Earl McKenzie），也有当今活跃在牙买加和加勒比海文坛的一代作家。他们都笔耕不辍，为加勒比海文学和世界文学做出了巨大贡献。

玛丽玛

一

玛西娅·道格拉斯 著

玛西娅·道格拉斯
（MARCIA DOUGLAS）

生于英国，长于牙买加。著有小说《法特夫人》(*Madam Fate*, 1999)、《一个作家的笔记：疗法与咒语之书》(*Notes from a Writer's Book of Cures and Spells*, 2005) 和诗集《抵达可可底之电》(*Electricity Comes to Cocoa Bottom*, 1999)，后者曾获英联邦诗书社提名。她目前在美国科罗拉多大学波尔德分校 (Boulder) 任教。她的著作曾载于多种国际文学选集和杂志。

埃德娜

　　夜幕渐沉，玛丽玛踏进辣椒田。她赤着双脚，一身长长的白色睡袍。为了不让她察觉，我关掉了台灯，从床头窗口望着她。一个接着一个，玛丽玛折下椒茎，将辣椒送进嘴里，仿佛它们是酸甜可口的梅子。她最爱的是黄椒——一边将它们成对儿塞进嘴里，一边用敏锐如蚊虫的黑眼睛寻找更多。辣椒被吃光了，她便拖着一双小脚转过身子，离开了庭院。

　　早上，妈妈走在外面，大声发问："我的辣椒怎么了？"

　　她最终决定把罪责怪在鸟儿头上。然而要吃掉如此之多的辣椒，得一大群小鸟才够，而且还得是一群饿得出奇的鸟。连只有十岁的我都能看得出来，妈妈一定是故意装傻的——大人有时就是这样。我不动声色地搜寻着玛丽玛的脚印，却什么也没有找到。

早晨剩下的时间和平常的周一并无区别。我喝掉巧克力茶，吃上两片烤好的面包，接着穿好床边椅子上为我铺放的蓝白相间的校服。在衣柜镜子前，我解开辫子上的角巾——那布料的色调，正是玛丽玛吃掉的辣椒的黄。

玛丽玛住在我们隔壁。她会做椰子糖、酸角团子和刨丝蛋糕，在学校操场外面售卖。她还为区里所有的婚宴烤蛋糕。所有人都知道她。

放学后，我用中午买午饭剩下的钱买了一袋酸角团子。我一向最爱酸角团子，不过更重要的是，买酸角团子的时候能近距离地端详玛丽玛——我想知道一个人吃掉那么多辣椒会变成什么样子。我向来觉得玛丽玛长得很美——她有一头浓密硬实的黑发，乌云似的缭绕着她的面庞；我喜欢把她想象成风暴的使者。她的鼻子上有一颗痣，只有黑胡椒粒一般大小。不过她最美的地方还是皮肤——仿佛入炉烘烤前深棕柔滑的蛋糕糊。我长大以后，也要像玛丽玛一样。

今天，在她纤长的手指数着找我的零钱时，我瞪着眼在她的脸上来回搜寻——她低垂着怕是缀有一千根睫毛的眼帘，发间夹散着点点花粉和芒果花。她把最后一枚硬币放进我的手心时，忽然睁大双眼回视着我。有那么一瞬间，她的睫毛像蜈蚣一样翕动。我握紧零钱，跑开了。

朵蒂

我女儿随时会到家，制服灰尘仆仆的，辫子松弛散乱。她会跃上阳台的台阶，把书包丢在地板上。妈妈！玛丽玛酸角团子上的糖粒会纷洒在瓷砖上。

昨晚乔纳森熟睡的时候，我听到外面窸窣作响。拉开窗帘，我瞥见她的身影——玛丽玛，穿着她母亲的睡衣翻过栅栏。玛丽玛有梦游的老毛病，这也不是她头一回游荡到我们的后院来了。有时候，她会坐上芒果树下的秋千悠上一个整晚。某个清晨，我发现她在秋千下面睡着了，胳膊从轻薄的睡衣中伸出来，宛若一枚白翅的飞蛾。据说她小时候在梦中吃光了一整碗咖啡豆，结果大病了一场，不得不被送去医院。

所以昨晚看到她离开后院时，我并不吃惊。对此，我向埃德娜只字未提，她那猫一样的好奇心总有一天会害死她。为了打消埃德娜跑去找玛丽玛的念头，我可花了很长时间。即使抛却梦游这点，玛丽玛也一直十分古怪。如果你到她家去，就会看到苏打水瓶环绕着房子，瓶颈子深扎在地里；如果顺着阿奇树[1]望去，则会看到一面用铁丝悬挂着的镜子；有时在夜里，你还能看到她对着镜子梳头，左看看，右看看。她真是只怪鸟，令人匪夷所思。

1　阿奇树：西非荔枝树。——译者注

埃德娜

我跑上台阶，扑进妈妈的臂弯里。她正站在炉旁煎饺子。妈妈用手背拂去我嘴角的糖渣，给了我一个吻和一杯洒了肉桂粉的牛奶。于是我在桌边坐下，给她说起艾丽森——学校里新来的那个姑娘。内心深处，我却火燎般地想说些有关玛丽玛的事儿。可我知道我母亲不喜欢谈及玛丽玛，对她，我只好闭口不言。

晚饭是煮青豆和米饭。"昨晚鸟吃光了辣椒。"母亲向父亲抱怨道。接着他们又说起干旱来，还有面粉的价钱、政府的选举。我父亲用叉子铲着米饭送到嘴里，双耳伴随着每一次吞咽的动作向后轻轻挪动。母亲很快就吃完了，坐在一旁用火柴棍剔起了牙。聊天的内容仿佛枯叶一样干而无味。真希望他们能聊聊别的，比如饥饿的鸟群，或者黄椒和红椒的区别。

过了许久，半轮月亮浮在天边，我跪在窗前等待着玛丽玛。可是除了萤火虫，院子里没有一丝动静。

玛丽玛

看，我在这儿——坐在厨房桌旁，将椰子切成小块。天色已晚，我的眼睛也沉重起来。外面，月亮一切两半。关于另一半月亮的去向，儿时的我曾经编过故事。我的全名叫玛丽·玛琳·肖，不过人们叫我玛丽玛。我有两个自我——一个醒着，一个睡着。还小的时候，我就决定白天的我叫作"玛丽"，而晚上的叫"小玛"。这很好想到，因为我本身就是双胞胎中的一个。我的胞妹在我们三天大的时候就死去了，我不难接受小玛就是我的小妹妹，是总会归来的另半轮月亮。

白天里我是个安静的女人。我喜欢糖，喜欢花，喜欢蓝色。烤蛋糕是我最开心的时光。我把烤箱收拾得干干净净，惬意地待在家里。至于妹妹小玛，我只能从她遗留下来的蛛丝马迹中晓解她。尽管我不总能记起晚上的事，却只能是白天的我为她夜里闯的祸买单。小玛钟爱一切玻璃制品，对青涩的果子和任何香辛的东西特别渴切。她狮子一般勇莽，且摆不正自己的位置。我醉心于小玛的勇气，如果能许一个愿，那就是成为她，哪怕只一天也好，那天我会随心放声高歌；如果校长埋怨我坐得太靠近他的车位（他总是这样埋怨），我就扬起脑袋，大大方方地取笑他，用粗话直骂到他见鬼去；我要忤视每个人的眼睛，甚至扔掉大夫为我的神经开的药；当我数着老师们的零钱时，我的双手不再会颤抖。

这么多年过去了，我没有一天不会想起小玛。这天早上醒来，我整条舌头都像着了火似的。我冲进厕所去漱净嘴巴时，一堆籽儿掉落出来，我立时意识到我之前吃了辣椒。

到学校后，朵蒂夫人的女儿买走了一包我的酸角团子。她就那样望着我，带着那般透彻的体谅，以至于眨眼之间，她仿佛能看穿我全部的存在。可我抬起眼睛的时候，她又忽然顺着马路溜走了，一定是被我眼中的某些东西惊到了；又或许是我嘴里辣椒的余味——不晓得是什么。但是，看到她那样跑开，我心底一个激灵，好像我拥有某种力量而感到强大。只那一瞬，我觉得我能将整座岛屿稳稳地横在指尖儿上。

傍晚，我匆匆赶回家去照镜子——不出所料，没有任何变化，和从前的我一模一样。我洗了澡，换上衣服，坐在后台阶上呼吸夜晚的空气。我一直待到天黑，才起身到厨房桌子那儿去。切椰子就像一场冥想，我切呀切，忘了我隐隐疼痛的心。

朵蒂

我对甜食怀着一种有趣的渴望。

我像傻瓜一样早早上了床，心想着能多点歇息的工夫。可你瞧，这已经到了半夜，我还是醒着。我试过数绵羊、数奶牛、数便士……数所有的东西。

月亮的明辉透过树丛。

我想象着白花花的，椰子一样的小块从空中坠下，直落进嘴里。我挨个儿数着小椰子，可睡眠仍然不肯光临。

　　一整天下来，我都在想着一身长睡袍的玛丽玛攀过栅栏篱笆。说起来她和我的埃德娜还有个共同点——有一个襁褓中夭折的双胞胎姐妹。玛丽玛又这样古怪，这巧合让人不安。我知道——这很荒唐，而且，我甚至弄不清这感觉是怎么来的，但我心里的某些东西惧怕玛丽玛。我从没向任何人提起过，一个活物都没有。然而，只要看到她在院子里荡秋千，我就心惊肉跳。就在昨天，我看到埃德娜在卧室里照镜子，她解开了辫子，头发像玛丽玛那样蓬厚散乱。她托着腮学着玛丽玛思考时的样子，向一边侧着头，显然是在欣赏自己的模样。唉，那女人对我的孩子的影响居然这么大。

　　我和乔纳森明天到金斯顿去，要很晚才回来。尽管懂事的埃德娜有能力照顾好自己，我还是叫了堂妹布伦达来陪她。明天是满月，我可不想冒着风险把玛丽玛放到院子里来；她拿那面镜子晃射夜空，会吓坏我的孩子的。

小玛

今晚，我听着那小姑娘打着鼾。随着她每一次呼吸，赤素馨的花瓣在空中散缀开来。我片片捕拾它们，撒上盐，一瓣接一瓣地吃掉。

埃德娜

妈妈要是发现我摔坏了小手镜，一定会大发脾气的。我不是故意要弄碎它的——我正试着拽出眼皮下的一根睫毛时，镜子从手里滑落，摔到了地上。我赶忙扫起碎片，把它们从房子的一侧扫出去。

不管妈妈叫谁来，我都不希望是她堂妹。布伦达无聊至极，她除了睡觉什么都不干。要是换个人，比如街那边的南茜，她会让我读她男朋友写给她的情书。刚八点钟，布伦达就已经张着嘴巴、四肢摊开懒躺在沙发上了。就算是我打碎了一千面镜子，她也什么都听不到。

记好了作业的时间表，我进了厨房，点着火，准备热点儿牛奶。我将两个壶盖子撞在一起，想看看布伦达会不会惊醒。我打开又摔上碗橱的门，布伦达还是一点儿没动。我打开电视，虽然深知那对她也没用。

屏幕上老是有横纹上下滚动。电视是爸爸从一位即将出国的教堂执事那里低价淘来的。他真该听妈妈的，把钱攒起来买个新的。不过我还是调大了声音听着：播出的是那种时不时响起观众笑声的节目。爸爸说，这种美国式的大笑是罐装的，但我估计他也许只是和我开玩笑。人们是得在多么悲伤的时候，才不得不打开一罐别人的笑声啊。

我这样想了一会儿：那么多的美国人坐在沙发上，身边围放着一罐罐的笑。布伦达翻了个身，打起了呼噜。我关掉电视去睡觉了。

小玛

我听到那小姑娘在梦中笑了，然后，我才看到烟云。

我坐在外面的秋千上，一边梳理头发，一边"呐呐啦啦"地吟唱着无厘头的旋律。那阵笑声轻柔而邈远，仿佛一波梦境。我甚至不能确定它是否是真实的。忽然我留意到窗底下的闪烁，好像四散的镜子的小碎块，我立刻跳下秋千前去查看。一路奔向房子，我兴奋到双脚离地。我伸手探向漂亮的碎片时，那笑声升腾到空中，然后呛住了——我终于看到了烟雾。我试着打开窗子，但它纹丝不动，只好用拳头将它砸碎。那小姑娘在床上坐了起来，火焰在小地毯上蔓延，朝她袭去。我被迷住了。火焰如此美丽，黄色，红色，蓝色……而我觉得我理解它——它舞动着好似同缘的血亲，如我的血液一般舞蹈——而我真想拥有它，渴望伸手抓住它，将它围系在腰际。我站在那儿，陶醉在倾慕之中，这时女孩向我伸出手，喊道："玛丽玛！"

玛丽

我醒来时，房间在熊熊燃烧，受困的埃德娜喊着我的名字。我身后是一个可以逃脱的破碎的窗户，可是要救小埃德娜，就不得不穿过火焰。有那么一瞬间，我们四目相对，我心底升腾起一股力量，仿佛回到了她买我酸角团子的那天。这股奇迹般的激情推动着我前进，来不及多想，我跳过地毯，抓住埃德娜，将她扔出房间，她落在破窗子下面的一堆衣服上。

我嗅到我烧着的皮肤，然后我感到一阵疼痛。

朵蒂

赞美我主，赞美你，玛丽玛——天使、妖灵、女巫——不管你是什么，赞美你。感谢久受苦难的上帝，还有玛丽玛，漂亮的蛋糕女士、夜蛾、梦游的魂灵——向你致敬。哈利路亚！全能之主！你手工神奇，你意志的运作甚是错乱而玄妙。你从篮子中救下婴儿摩西，哈利路亚，还有炽烈的熔炉中的童女。那在烈焰中间，半睡半醒，半是女人，半是天使、妖灵、奥比女巫的是谁呢？大能的救赎者，你的道路难以测度。万圣之圣，万主之主，万王之王，妖灵的征服者，高举你的名！

埃德娜

已经几个月过去了，每天玛丽玛都把椰子油涂在腿上，皮肤亮闪闪的好像上过糖釉的蛋糕——即使有伤疤，玛丽玛也仍旧美丽。我谢了她一次又一次，而每一次，她都只是大大地微笑着，坚持说应该是她来感谢我。

我花了好几个礼拜琢磨她的话。今天走过满是灰尘的后院的时候，我能看到她在学校门前冲我挥手。自那场火以来，妈妈同意我想和玛丽玛待多久就待多久。我跑到她身边，她紧攥了一下我的手，将一串玻璃珠手链系上我的手腕。珠子有红的、黄的、蓝的。这是我第一次佩戴这么漂亮的东西。我挨着她坐在地上，而她边数着钱边给我讲她小妹妹的故事；我之前已经听过这个故事了，可我从来听不厌。我喜欢关于月亮的那部分，因为我也是个孪生儿。不过这一回，玛丽玛说了以前从没提到过的事情。

"靠近点儿，小酸角团子。"她说，"我来告诉你一个秘密。"我喜欢她叫我"酸角团子"，我猛蹭到她身边，直到我们的手肘撞在一起。

"你知道，房子着火那天晚上？"我点点头，嘴里咽下酸角籽。我感到耳朵在伸长——我爱秘密。

"嗯，火掠过的确实是小玛的腿，但是它已经把玛丽烧成了灰，灰烬也飞散了，跟黑蛾子一样。"我望着她，满脸的问号。她向空中抛起一枚便士，用手掌接住，正面朝上。"我是小玛，"她说，带着十二分的认真看着我，"玛丽没能逃出火焰。"

朵蒂

我活着的每一个昼夜都要赞美你。感恩被屠的羔羊。荣耀归给全能者。你在荒野中开辟道路，像劈开红海一样分开火焰。我带着母亲有史以来的所有赞美，高举双手，直到山巅。

埃德娜

长长的睫毛再次神采飞扬；它们立起、蠕动，不过这一次我没有跑掉。

我的名字叫埃德娜·朵蒂·麦克林，我醒着，无所畏惧。小玛？玛丽？一颗糖在里面、酸酸的果实在外面的酸角团子，和一颗糖果在外面、酸酸的果实在里面的酸角团子难道有什么不同吗？我只知道，房子起火的那天晚上，玛丽玛是伟大的。没人肯相信我说的话，特别是妈妈，但是我亲眼看着玛丽玛张开嘴，吞下了一团芒果叶那么大的火焰。我在书中读到过吞火者，但我从来不知道玛丽玛也是一个。我看到她吞下火焰的那一刻，我知道我是安全的了。妈妈说我吓坏了，产生了幻觉，但是我清楚得很，我清楚得很。

小玛将一块布盖在篮子上，我们准备回家了。我们并排走着，一路捡着瓶子和苏打水罐。我们花了整个晚上将它们涂成黄的、红的、蓝的，然后沿着玛丽玛阳台的台阶挂成一排。夜深了，当人们都睡着了，我走出去，坐在秋千上。小玛厨房亮着的灯光洒下了温暖的橘黄色，煤油灯下，她正伴着收音机的音乐起舞。我想知道，那些从一个女人燃烧着的血肉中被放飞的黑色的蛾子，都去了哪里。

（沈新月　译）

桑德拉小姐

一

威尔玛·波拉尔德 著

威尔玛 · 波拉尔德 (VELMA POLLARD)

1937 年生于牙买加，先后就读于金斯敦埃克塞尔高中和西印度群岛大学的大学学院，先后在麦吉尔大学和哥伦比亚大学获得英语教育硕士学位，并先后在牙买加、特立尼达、圭亚那和美国的多所高中和大学任教。曾任西印度群岛大学教育学院院长。她笔耕不辍。七岁时曾写过一首诗并获奖，但直到 1975 年才在厄尔纳·布洛贝尔等人的鼓励下向当地杂志投稿，珍妮·德考斯塔曾把她的一篇小说寄给牙买加杂志。1992 年，她的中篇小说《卡尔》(*Karl*) 获美洲卡萨德奖 (the Case de las Americas)。后来出版了几部诗集。1994 年出版专著《恐怖谈话：拉斯塔法里的语言》(*Dread Talk:the Language of the Rastafari*)。

不知为什么，这座教堂显得非常小。我没有看前脸（葬礼上我从不看的），但是那副棺材的样子，真是惨不忍睹。在棺材架上，在祭坛台阶前面，它粗大的美国样式很不协调，里面装着的伊莉莎小姐显得过于重装浓抹。

大家一个挤着一个，我需要换一张脸看看。我找到了，便有些不顾羞耻地盯着它看，因为我突然认出来了，在别着一颗小胸针的庄重的领子下，在为了戴上那个平顶帽而拉到后面的那头灰灰的重发下，我认出来那是桑德拉。她早些时候曾用我母亲的名字跟我打过招呼，这里几乎每一个人都这样，这是因为我和母亲出奇地相像。年龄越大就越像，这是有目共睹的。但那时我没有认出她来。

我很高兴同时不信任地看着这个女人，由于经受了七十多个酷暑的严峻考验，她已经那么沉着稳重、那么圆满，如果你想看就一定能看到。

我和他们站在一起，我也几乎在唱那句"变化与腐朽／在我所见的周围"时，我停住了。我不能再唱了。那是一句谎言。变化是有的，但没有腐朽。我希望我能有勇气站出来，把真实情况告诉帕森。只不过他不会相信我，因为他太小。他还不能大到足以理解我所努力与之达成一致的东西。可是我实在忍受不了了。我无法集中精神参加这个仪式，因为我已经回到了过去，与桑德拉一起回到她生活的低谷，而这是这种年老的沉稳所不承认的。

他们常常卖容易生长、廉价购买的辣椒和卡拉萝。我不知道那究竟能赚多少钱。我会被派到那里，因为当差是我的拿手好戏。她总是扫啊扫的，我不知道在这样一个小房子里她有什么好扫的，我特别不喜欢清扫。

还有她的丈夫，那对我来说就是一个谜。需要有一个要怕的人吗？可是他的目光慈祥，也不怎么说话。但你总是感到你应该害怕他，因为人们总是在背后议论他，"是大麻使他的眼睛变得暗红的"。每个孩子都知道，你一吸上大麻，砍人就不难了。每次我从他身边走过，看见他带着弯刀，我都紧紧捂住喉咙以保护它不被割掉，并大声说"早上好，马斯·伊利"。在有许许多多恐惧的一种生活中，从黑心男人到头脑不清的母牛，他只有一件害怕的东西。

在你可能去那里之前，早上，学校铃响之前，他骑着那台挤压机。他总是骑着那台挤压机。那是我一生中看到的第一个也是最后一个挤压机，我认识的很多人从来都没见过。他骑在一根木头上，压着另一根木头。两根木头之间是一根甘蔗，他那上上下下的运动有效地把甘蔗汁挤压出来，就像马斯·桑格在锅炉房用的转着圈拉磨的戴蒙眼罩的母牛一样。人们说桑德拉每天早上把甘蔗汁煮开，当作糖放在孩子们的茶里。

可他们突然搬家了。透过家里的薄墙我听到人们在议论，说有人把他们住的那块地卖了，所以他们得找个别的地方住。那是我第一次听说有人竟然不拥有自己的土地。也许那就是你为什么感到人们看不起他们。我甚至不知道那个人是从我们那里来的，因为没有人指着谁说"那就是桑德拉丈夫的兄弟"。

突然没人清扫了，那扇门总是关着的了。但你还能听到有人说她的孩子们是残疾，只能拖着屁股走，不能爬也不能站着走。有人（再次？）背后议论他们，说桑德拉小姐和马斯·伊利以及大孩子们都睡在地板上。可我不理解。

一天早上，我履行职责去看看夜间是否有芒果从树上掉下来，我环顾四周，没有看到那里的房子。只是一片空地。我回到家，大喊道："桑德拉家的房子没了！！！"但大人们并没有像我那样感到惊奇。他们只是说："嗯嗯嗯。"我可真的糊涂了。

桑德拉小姐的新房子离我们家很远。但位置大约在同一个高度，所以我能看得很清楚，尽管离得很远。那房子看起来很大。有一部分房顶是草葺的。他们建起了那搬走的房子，又添加了一部分。我真不知道五个孩子和父母是怎么住在第一个房子里的。新房子就容易理解多了。从那么远的地方，我能够看到桑德拉厨房里冒出的烟，这似乎给我一种安全感。

我不知道我们之间是怎样的一种关系。我不知道桑德拉小姐是否注意到过我。但我知道我总是注意到她。她是一个你可以观看和了解的女人，她在她所熟悉的阶层之下生活。也许这是因为马斯·费斯图斯是她兄弟。他不在意她，也许真的不在意她。对她所过的那种生活来说，她只是太纤弱，重活，重活，重活。用弯刀做工的活。她看上去生来就应该干一种轻活，比如笔杆子。她的皮肤看上去那么柔软，干重活会被割破的，只是目前还没有。

我不记得有什么骚动。我不知道那件事是什么时候发生的。当我发现的时候，警察已经来过了，带走了马斯·伊利。他很长很长时间都没有回来，通过惯用的偷听方法我听说他因涉嫌大麻而进了监狱。

所以，现在只有桑德拉小姐和孩子们了，他们养些家禽，靠出售禽蛋来养活五张嘴，加上她自己就是六张嘴，还有那两个残疾的不能自助的孩子。只能在地板上拖着身体，流着口水。

我不知道他们是不是有现今人们都有的那些社会福利。我不知道他们是不是由政府官员管。我们这些教会人员都不管，你知道，桑德拉小姐不属于我们的教会。我觉得她不属于任何教会。

但是，桑德拉小姐有时候看起来是属于我们教会的那种人。事实上，我早就琢磨出来她是教会的一个成员，但如果有人对她不利，她就不得不离开。事实上，有两个人一定对她不利，因为那两个大孩子不是马斯·伊利的，根据他们在学校注册的名字，他们另有其父。当然，我们的教会是不允许这种情况的，神父布拉星顿在上坚信礼课的时候非常清楚地告诉我们，如果一个男人爱你，他就不会那样做（你知道是什么），除非你没有跟他结婚。事实上，这就是为什么神恩不能为不爱她的人坚信，到坚信礼日时这会显现出来。

不管怎么说，我琢磨着，桑德拉小姐离开我们的教会是有原因的，她再也没有参加其他教会。

每当我回忆起这段往事的时候，我真的觉得教会的人很苛刻。当你大谈特谈博爱和仁慈的时候，桑德拉小姐和那些孩子们正是需要爱和仁慈的活生生的例子，而就我所看到的，这个教区没有给他们任何爱和仁慈。

最终，水多于面粉，似乎她在精神上已不能接受它了。想想看，五先令的公共汽车，这还仅仅是到波蒂去看望在狱中的马斯·伊利。这还不包括给他买东西所用的钱。还有那没有人可以分担的孤独和悲伤。教区的人把她当成了被社会放逐的人。

人们最终（再一次？）开始背后议论了："桑德拉抬起头来了，完全的。"她疯了。不是像玛利亚小姐那种沉默的疯，仅仅穿着那件白色刺绣长袍，光着脚、手里拿着花到处走来走去。她是吵闹的疯。站在院子外面，腰间缠得紧紧的，摇晃着身体，大声唱歌，让所有人都听得见。"两只药锅盖不能同用／两只药锅盖不能同用。"她一遍又一遍地赞美"肚脐下的泉水"的好处，说这泉水是只留给伊利的。我至少用了二十年时间才理解这两只药锅盖是什么意思，事实上，桑德拉小姐拒绝任何形式的女同关系。当时这个概念我完全不懂。即便如此，我也不认为在那个时候有谁会与她分享什么。

在童年的日子里，我仅仅为桑德拉小姐感到难过，对她产生一种不甚理解的移情。后来，随着年龄的增长，我对这个女人感到由衷的难过，试图做些实际的事情来满足她家庭的实际需要，与她一起承受孤独和性忽视的痛苦。

若要人不知，除非己莫为。从桑德拉小姐那里买禽蛋的但未见死去的人都知道她家院子里有一股难闻的味道。特别是当风从一面吹来的时候。我不知道是谁找的，但波蒂警察局派来的黑玛利亚来了，人们还说院子里有医生和护士。人们说他们发现厨房后面有两座浅坟，里面有两个残疾孩子的骨骸。他们说她想要把这两个孩子藏起来。她失败了。

我从哪儿来，有太多的卡吕普索歌手，这也许对于牙买加歌曲的出现极为重要。而现在知道这件事的人都死了，只剩下我一个。

当然，我没有随大溜。所以我知道的每一件事都不是道听途说。而这是我记忆中的最后一件事。

我不知道他们把她弄到哪儿去了。我不知道是不是有专为犯罪疯人开设的监狱。我不知道谁在照顾她的孩子们，也不知道伊利先生什么时候回家，如果他能回家的话。因为他们送我到外地去学习了，短暂的假期期间我难以发现什么。

我不知道，哦，我不知道

什么快乐在那儿等着我

他们随着"金色耶路撒冷"的节奏把棺材推到坟墓

边。我确信桑德拉小姐从不知道我为什么在耶路撒冷和墓地之间拥抱她、推挤她。从她镇定的面容、衣着和圆发髻上的平顶帽来看，显然，她已经发现了耶路撒冷就在生死线的这一边。

她只是笑了，安详地说："你太像林小姐了。"

（陈永国　译）

爱的最后一位使者 一

圣霍普·厄尔·麦肯齐 著

圣霍普 · 厄尔 · 麦肯齐
(ST HOPE EARL MCKENZIE)

1943 年生于牙买加的圣安德鲁山。曾在米柯学院（Mico College）、阿尔伯塔艺术学院（Alberta College of Art）、哥伦比亚大学和加拿大英属哥伦比亚大学接受教育。曾发表三部短篇小说集：《一个叫奥西的男孩：牙买加童年》（*A Boy Named Ossie: A Jamaican Childhood*）、《通往快乐山的两条路及其他故事》（*Two Roads to Mount Joyful And Other Stories*）、《厄内斯特·帕莫的梦及其他故事》（*Ernest Palmer's Dream and Other Stories*）；三部诗集：《反对线性》（*Against Linearity*）、《一个诗人的家》（*A Poet's House*）和《杏树叶》（*The Almond Leaf*）；两部学术著作：《西印度群岛小说中的哲学》（*Philosophy in the West Indian Novel*）和《一位加勒比海哲学家的孤独及其他》（*The Loneliness of a Caribbean Philosopher And Other Essay*）；一部回忆录《森林之火：教会师范学院回忆录》（*The Flame of the Forest:Momories of Church Teachers' College*）和一部多文类文集《一只叫做诗歌的蓝鸟：诗歌、故事与绘画》（*A Bluebird Named Poetry:Linked Poems,Stories and Paintings*）。2000 年，他由于对文学的突出贡献而被授予马斯格雷夫银质奖章。他曾在莫纳的西印度群岛大学教授哲学多年，现已退休。

费舍先生抬起头来，看到了桑德拉·辛格小姐。这位新来的社会学教师就站在办公室门口，微笑地望着他。

"进来，桑德拉。"他说。他以名相称，是因为一见到这位小姐，他就有某种莫名的亲切感，是因为二十五年前他和桑德拉的姐姐海伦曾有过一段情缘吧。那时候桑德拉还是刚刚长成的漂亮小姑娘。他很高兴管委会主席给了她一份教书的工作，而自己就是这个学校的校长。这好比海伦的一部分又回到了他的生活中。

桑德拉走进办公室，费舍先生拉过一把椅子让她坐了下来。她长得胖乎乎的，越来越像她妈妈了。费舍先生还记得她妈妈的样子。桑德拉朝他笑了笑，费舍先生注意到，她那副漂亮的牙齿太像海伦的了。

"海伦向您问好。"桑德拉说。

"有她的消息真好。好久没有听到她的消息了。她还在那所学校吧……是圣安妮吧？"

"是的，但她不在学校上班了。她待在家里。身体不太好。"

"哦？"

"她得了癌症。"

"癌症？对不起，那么……"

"是癌症。她在治疗。索性都告诉您吧。医生们对她的病都不怎么乐观。"

"噢，天哪！"费舍先生说。他胳膊肘倚在桌子上，双手抱着头。过了好一阵子，桑德拉说："可她并不气馁。她决定拼一拼。她还打算病好后再回学校工作哩。"

"请带给她我最好的祝愿。把她的地址给我，我可以写信给她。"

他递给桑德拉一张纸，桑德拉写下了地址和电话号码，递给了费舍先生。

"我知道她听到您的消息会非常高兴的。"桑德拉说，好像在暗示她非常了解海伦和费舍先生的那段恋情。接着她借口说马上就要上课了，便离开了办公室。

费舍先生还记得他第一次见到海伦时的情景。那是在西莫尔兰高中的停车场上。他正坐在一辆公共汽车里听着汽车引擎的声音，等待着回岛上东部的卡罗尔山的漫长旅行。这是他高中生活的最后一年，刚刚和一伙同学完成了去附近甘蔗园进行一周的教育旅行。这是甘蔗园总管送给学校的一份礼物，因为学校在全国农业竞赛中取得了优异成绩他才这么做的。他们听了许多人的讲话，看过了许多地方，曾在体育俱乐部里宿营，第一次看到那么多的印度人后裔，一望无际的甘蔗园，那么多骑着自行车和摩托车的人，现在这一切都过去了，他要回家了，那是在一个山沟里，与这里迥然有别。

他扭头看了看，见一群身穿绿白色校服的姑娘们在附近一栋楼里说说笑笑。其中有一位印度姑娘，她体形那么好看，一股甜蜜荡漾的暖流顿时涌上他的心头。那姑娘转过身来，他看到那张完美的脸庞和轮廓，嘴都合不上了。她在和朋友们说话，看上去她们是在劝她什么。她那么文雅平和，笑脸迎着那些嗓门越来越大的姑娘们。汽车开动了。那姑娘和朋友们不经意地扫了一眼开动的汽车，而即使那么短暂的一瞥，他也清楚地看到了姑娘那双美丽的大眼睛。汽车没走几步她们就又开始谈话了。她们逐渐远去了，可他还在想着她，她的模样，她的眼睛，这是甘蔗园一周的生活给他留下的最深刻的印象。

听说海伦生病的当天晚上，费舍先生就拨响了海伦的电话。一想到又要听到她的声音他就激动不已。也许她的丈夫会来接电话；费舍先生从未见过他。但他知道他们分手后不久海伦就结婚了。电话是忙音。他等了一会儿，拨动后电话还是忙音。此后，他当晚和第二天晚上打过多次电话，都是忙音。他断定是电话坏了，于是决定写信给她。

第二天，他到附近镇子上的药店买了一张明信片。那些好玩的明信片似乎显得太轻浮；而乐观地祝愿尽快痊愈的呢，在他看来根本就不合适。他发现并没有可以写给不治之症患者的明信片。他买了一张没有字的明信片。到家后，他在明信片上写下他想念海伦，他的最大愿望就是别让她受苦。他寄出了明信片。

几周后的一天下午，桑德拉带着满满的一个信封来到办公室。"海伦接到你的信非常高兴，"她说，"她还送来一些照片让你看。"桑德拉站在费舍先生的左边，向他解释放在他面前的每一张照片。

里面有海伦的两个女儿的照片，一个不满二十岁，另一个二十刚出头。一个想上大学，另一个在银行里当出纳员。她们都已经是迷人的年轻女人了，费舍先生能在她们的相貌中看到海伦的美。但她们丰满的嘴唇和浓密的头发也带有一点非洲人的特征。显然这两个漂亮女人是非裔印度人，或称作道格拉斯，在特立尼达和圭亚那，人们都这样称呼他们。他想到他差点儿就成为她们的父亲了。如果是他自己的孩子，她们会是什么样子呢？也许会有些欧洲人的特征，他想。他和海伦约会的时候，人们总是说他们的孩子该有多么多么漂亮。人们似乎喜欢褐色人与印度人的结合。可是这一切并没有发生。

"她们都非常想要见见您，"桑德拉说，"他们知道您的很多事情。"

"真的吗？"

"大家都知道海伦了解您，"桑德拉说，"她常常说起您。"

接着，她拿出一张海伦躺在床上的近照。她胖了许多，但还是他记忆中的令他惊呆的那副身段。她现在留着短发，看上去像一位印裔非洲人。他们在一起的时候，她留的是长发，他说他喜欢她那副样子。也许她的非裔牙买加丈夫喜欢她的非洲样子，他想。他说这是新的发式，桑德拉说，"这是化疗造成的。她全脱发了，现在一点点地长出来了。"

"她看上去不像是个病人。"费舍先生说。

"如果不知情，还真的看不出来呢。"桑德拉说。

他回忆说海伦年轻时相当健康。她曾说她从未去看过医生。他想起了那句话："病多长寿，病少命短。"

"谢谢她让我见到了她的漂亮女儿们。"桑德拉把照片装进信封里时，他说，"希望能见到她们，她们会让我一直想起她的。"

桑德拉走后，费舍先生回想起他和海伦的那段恋情。

那是在学校郊游时第一次见到她、并被她的美貌打动心扉的第二年，他考进了米柯学院接受师资培训。他的专业是英语和视觉艺术，但还没有什么职业计划。一个老师喜欢他作为课程作业而展出的画作，主动推荐他去西莫尔兰高中工作，这位老师的姐夫是那所学校的校长。他们的艺术室已经关了很久了，她说，就是因为找不到合适的老师。她确信他是最合适的了。但是，当听到那个学校的名字时，第一个浮现在脑海里的却是那个美丽、眼里深情脉脉的印度姑娘，还有令他心仪的那副体态。"我愿意申请那份工作。"他马上回答说。他即刻开始了申请程序，几个星期之后他接到了学校董事会主席的邀请。命运曾让他看到了那个漂亮女孩，现在命运又给了他一份工作，而且是去第一次见到她的那所学校里工作。但命运是否能再次把他带到她面前呢？他对自己说，如果能的话，那么命运就一定是向他显示某种重要的东西。

几个月后，他在学校里真的又见到了那个女孩。她又生龙活虎地出现在他眼前。当时，晚课已经开始了，他只是晚走了一会儿，和一个年长的待他像母亲一样的老师说了会儿话（那时，他刚满二十岁，来这儿教学对于一个师范学校毕业生来说并不是常见的）。他的指导老师坐在课桌旁，他站在走廊的门口。他一转过身，就看到一个年轻漂亮的印度姑娘步态优雅地走在草坪另一侧的马路上。他一下子就认出她来了，于是就问指导老师那是谁。老师告诉他那女孩叫海伦·辛格，是本校毕业的一个学生，正在附近的一所小学里实习。她经常来这里看在这儿工作的哥哥，她的弟弟和妹妹们也是这所学校的学生。神再一次站到了他这一边，他决心尽早认识她。

他们在网球区见了面。那是在等待比赛开始的时候，他们聊起天来。他是这样开始的："晚上好，辛格小姐。

过去四年里我的脑袋里一直揣着一张你的照片！"

她眼睛一下子亮了起来，朝他笑了笑，还是记忆中的那种温文尔雅的笑容。她说她已经听到很多人说起这位新来的艺术老师了。

在那第一次谈话中，他了解到海伦想要上大学，将来想当一名教师，常常向和他一样刚来的毕业生打听大学的生活。一天晚上放学后她来到他的教室，他们在教室里谈了很久。此后她常来看他。他记得有天晚上她坐在那里看着地板，不再看他了，那眼神让他感到了他们之间那种深切的心灵感应。他们开始一起散步。他常常替她推着自行车。一天晚上，看完电影后他送她回家时，他吻了她，那是终生难忘的初吻。他第一次感到一个真实的女人的双唇在他的唇下蠕动。他常给她写情诗。有一次她派弟弟去他宿舍，用自行车把他带到她家里。有时候，他骑着一辆借来的自行车，骑几十英里去看她。夜里，成熟的甘蔗在工厂里加工后散发出甜蜜的味道。上课铃响了，把费舍先生从回忆中拉回他对学校的责任之中。

　　桑德拉再次来他办公室的时候，脸上没有了笑容，眼睛里充满了忧伤。她坐下来时身体前倾，无法放松。她话音里带有一种成熟的母性。她说："我们把她送到纽约去治疗了。这是医生的建议。"

　　"那儿有亲戚吗？"

　　"她住在她丈夫的妹妹的家里，在布朗克斯。"

　　"有家人的支持是件好事。我真想为她做点什么。"

　　"她要是知道您现在还在想着她，支持她，这太重要了。"

　　那天夜里，费舍先生怎么也睡不着。脑子里不断浮现出他和海伦之间的往事。

　　在学校的第一年里，他工作努力，获得了去加拿大进修视觉艺术的奖学金。这给他们的关系带来了危机。这次学习需要四年的时间，两人都怀疑他们如此短暂的恋情能否承受这样一股压力。到加拿大后，他发现他从这个项目中只能得到一个证书，而不是学位，于是感到在那个重视学位的国度里，这份证书不会得到承认。加拿大学术权威说如果牙买加教育部提出要求，他们可以把他转到学位项目。但是经过一番努力之后，他们没有得到教育部的任何回复。于是他决定回国，到别处去攻读学位。

与此同时，海伦已经实现了愿望，考入金斯敦的圣约瑟夫师范学院。两人频繁通信。海伦寄给他一张照片，身穿紧身束裙站在一只巨大的希腊花瓶旁边，那是张艺术照。他觉得她和花瓶构成了奇妙的对称。她那头漂亮的黑发垂在肩上，还有和往常一样的温暖和煦的微笑。他把照片挂在了地下室的墙上，加拿大女房东看到了，还常拿他开玩笑："我的孩子们都找到了可爱的伴侣了，你也会找到的，洛伊德。"她总是这样说。

回到牙买加后，他在金斯敦找了一份工作，这样就能每日与海伦厮守了。他们在学院一起看电影，一起进餐，一起参加派对。他们乘公共汽车郊游。而他的公寓则成了他们度过快乐时光的安乐窝。

一个女人曾对他说，他是一个很有魅力的年轻人，但他并没有表现出他知道自己有魅力的样子。他也不时地注意到其他女孩子，并与之约会，但认识他的人都知道只有海伦是特殊的。他的一个知心朋友——人尽皆知的风流坏子——看出了他对海伦的柔情，曾经对他说那就是一个男人对妻子的感情，如果他自己对一个女人有了那种感情的话，他会与之结婚的。

费舍先生回想起海伦最令人难以忘怀的爱情表白，他认为那是她最真实的情感。他记得有一次她弟弟要骑车载他回家时，她嘱咐弟弟千万不要把他从车上摔下来，他记得她说话时声音里动情的关心，虽然大家听后都大笑起来，但他记得她声音里的那份真情。她不想让他落车受伤。有一次，他抚摸着她的头发，问她为什么喜欢他，她毫不犹豫地说："因为你可爱。"话里没有诗情画意，但却是他第一次听到一个女人用"爱"字向他表白。她在所有照片的背面都写上了相同的一句话："送给洛伊德。海伦，你的真爱。"费舍先生在床上辗转反侧时总是自言自语地说："女人哪，女人，谁才是最爱我的那一个？""海伦。"他内心里的某种东西回答说。她温柔，在她身上，他感到了那平静河面之下的深度。

当他决定出国深造时，他们的关系破裂了。他离开了那所高中，去了曼德维尔新建的一所师范学院。但对他来说，这只是继续深造的第一步。他断定自己更适合走学术道路，而不是当个艺术家，所以要回到英文学习的领域。他一定要获得尽可能最高的资格。他感到自己还太年轻，不适合结婚。他还要等一等。与海伦断绝关系是件痛苦的事，除了欣赏她的美，他还对她产生了非常温柔体贴的情愫。她还在金斯敦学院，但不那么经常见面了。此外，他在学校里认识了许多年轻漂亮的女子，大都与他年龄相仿，感到现在就娶妻成家太不明智了，而这正是海伦一毕业就想要的。于是他给海伦写了一封断交信。她伤心欲绝地回信说这是一封撕心裂肺的信。但她也赞同以这种方式断绝关系。

几天后，桑德拉出现在他办公室的门口，从她的表情他看出她带来的是坏消息。

"海伦去世了。"她坐下后说。

费舍先生皱起眉头，紧盯着桌上的书本。他第一个认真相处的女友去世了。他感到自己在变小。他们一同构筑的海伦的一面现在大部分消失了。第一个女友的死并不是他以前曾经想过的里程碑。近来家里也相继有人死去，他感到自己也正趋向于半死的状态。

"她死在家里，在一个女儿的怀里。"

"海伦对我来说非常特殊。"费舍先生说。他终于向桑德拉祖露他的情感了。

"我知道。"桑德拉说着，黑褐色的眼睛里泛起亮光。费舍先生把她看作及时的命运使者，在海伦最后的日子里把他和她重新联结起来。他觉得桑德拉非常了解海伦对他的感情，她也非常乐意充当最后的爱情使者。

桑德拉说："葬礼下星期六三点在圣玛格丽特教堂举行。"

"我会设法参加的。"费舍先生说。

那天晚饭后，他感觉想要和某个人谈谈海伦的事儿，便选择了在家里干活的仆人。他打开抽屉，拿出一个信封，里面装着他前女友们的照片，有卡罗尔的、莉迪娅的、卡门的、伯妮斯的、格罗瑞亚的，还有罗伊斯的，当看到"希腊花瓶旁的美女"时，记忆潮水般涌向心头。他看着那张照片，打量着他曾如此熟悉的形体。他走进客厅，坐下来，等着仆人从厨房里走出来。

"坐下，艾丽斯小姐。"当帮手出现在门口时，他说，"我给你看样东西。"

艾丽斯在他对面的安乐椅上坐了下来。她身材苗条，面目黝黑，和往常一样戴着发带。她对费舍先生的爱情生活怀有间歇性的好奇，当费舍先生把照片递给她时，她的眼睛亮了起来。她仔细看着那张照片，费舍先生讲起了他和海伦的故事。

"她是一位非常漂亮的年轻女士。"艾丽斯小姐说，"你怎么会把她也放走了呢？我很遗憾她死了。"费舍先生接过照片。

艾丽斯小姐接着说："你不会以为没和她结婚反倒是件好事吧，因为那样你就会过早地成为鳏夫了。"

　　"我从未那么想过。"费舍先生说。

　　"你只要留下美好的记忆就行了。"艾丽斯小姐建议道。

　　葬礼那天，费舍先生站在自家窗口，望着外面大雨哗哗下个不停。他担心他的汽车底盘会漏水进来，车灯也出了问题。他还怀疑漫漫长夜里在一条不熟悉的泥泞道路上驾车是否明智。但他仅仅是在理性地思考吗？他自问道。

　　也许他真正担心的是他在见到她丈夫和孩子以及早年那些熟人时将会洪涌出来的情感。当时每一个人都以为他就是海伦的白马王子。

　　望着玻璃上流淌的道道雨水，他想起了最后一次与海伦见面的情景。那是在桑德拉的毕业舞会上。他和他当时约会的女友参加了那次舞会，以为那只不过是一次舞会罢了。他在舞池里碰到了桑德拉，桑德拉告诉他机会来了，海伦和家里人都坐在大厅的东南角。下一支舞曲开始后，他和女友坐下来，并找借口离开，他去找海伦了。他看见她安静地坐在那里，暗淡的灯光下她看上去是那么美和神秘。她见到他似乎很高兴。他弯下腰，吻了她的左面颊。音乐声太大，无法谈话，所以几分钟后，他捏了捏她的手，就找借口回到女友身边了。

这就是他回忆她的方式，他想，深思地看了看外面的雨。他决定不去参加葬礼了。他想要把记忆停留在他在她左面颊上的最后一吻。

几天以后，桑德拉向他讲了葬礼的情况。

"我以为你会参加葬礼的。"话音里带有几分失望——故事并没有像她所希望的那样结束。

费舍先生描述了那天的天气有多么糟。

桑德拉继续说："她被葬在她家园子里的一个墓穴里，那是她和丈夫亲手建造的家园，但他们没在那里住过，一天都没有。"

费舍先生听着桑德拉描述的葬礼上的细节：虽然大

雨天但教堂里挤满了人；海伦以前学校里的学生们的演出；还有那么多的小汽车、大卡车和公共汽车。

费舍先生递给桑德拉一张纸。"我想给她妈妈写封信。请把她的地址给我。"桑德拉写下地址，把纸条递给他。

她从手提包里拿出一张塑料卡片，交给了费舍先生。卡片的一面是好牧人耶稣带着一只羊的图片，下面是海伦结婚后的全称；另一面是诗篇第二十三篇。

"谢谢你给我这个纪念品。"

他望着桑德拉的背影，感到一股暖流从身体内流出。她就像一个家人，将继续唤起他对海伦的回忆。当然，他想，桑德拉已经在他的学校工作了，但不知道他是怎么来到那里的，又怎么可能让他接到她从海伦那里传来的爱的信息。

与海伦分手后，由于做出了回牙买加的决定，因此也与美国的卡罗尔分手了。又由于做出回美国攻读教育硕士学位的决定，与牙买加的莉迪娅分手了。接着，他决定回到岛国定居、从事教学工作，而与美国的卡门分了手。由于未能找到学校教师的工作，他最后决定移民美国。柏妮思不想陪他去美国，也不想等着他在美国找到工作再去找他，于是又与她在牙买加分手了。

但在美国找到一份工作是相当难的。他奔波数月无果。然后，他看到牙买加教育部的一张广告，说教育部的代表团正在一家饭店里招收教师。他去了，提交了申请，应邀参加了面试。结果是一份薪水优厚的工作，在岛国最好的中学之一当校长。附带福利包括回程机票、校园里一栋房子、交往津贴和税务优惠。他接受了。看到工作说明后，一种幽默的讽刺不免使他大笑起来，他感谢美国人给他签发了在他自己国家的工作签证，头衔是"外国专家"。

而有一天，桑德拉·辛格，一个来自过去的女人，走进了他的办公室，带来了他生活中最基本最重要的一个故事。

桑德拉走后，他拿起纪念卡，仔细看了看。这是多年来他第一次读诗篇第二十三篇。他又读了一遍，寻找着可以令他注目的一句话或短语。他的目光落在了这句话上："祂使我的灵魂苏醒。"

那天夜里，他躺在床上，想起了他生活中一个又一个女人。回到岛国后，他曾与格罗瑞亚和罗伊斯发生过性关系。他与格罗瑞亚分了手，是因为她太急于想要孩子，但孩子对他来说并没有像对她那么重要；他感到对她来说他只是生孩子和给孩子提供未来的手段。这样一种要求本是件高兴的事，但他首先需要的是一个真正爱他的女人，然后才可以谈论生孩子的事。而且，他当时也在与罗伊斯约会。

他思来想去，每一次分手都似乎有充分的理由，但大多数人都会觉得这么多次分手是件不正常的事。或许除了像卡萨诺瓦这样的人，他所处的每一种关系最终都以分手结束，因为只有这样，新的征服之门才能开启。是否在这些听起来合理的分手之下有某种他不知道的无意识解释呢？他是不是需要做一次心理分析呢？

他是否可能患有当时人们所说的辛巴德情结？童年

时，他读过一篇阿拉伯水手的故事，他的名字叫辛巴德，他的船遇难后流落到一座铺满宝石的荒岛上。他捡起一块又一块宝石，装进口袋里。但是，前面的宝石总是越来越大、越来越美，所以只好扔掉以前捡到的，去寻找更美的。他记不得故事的结局了。但是，他追逐女人是否像辛巴德寻找宝石那样被一种无法满足的欲望驱使着呢？这种故事是极少有幸福结局的，他想。是不是他对高等教育的追求也导致了某种令人不满意的辛巴德结局呢？也许这就是海伦的信息的真意。

他拿起电话，拨了罗伊斯的号码。一听到回音他急忙说：

"我那位皮肤像夜一样黑一样美的女士，你好吗？"

他听到她大笑起来，然后她说："我一听到电话铃响，就想到会是你打来的。"

"心灵感应，亲爱的，心灵感应。我觉得我们应该在北海岸最好的一家旅馆度过一个周末。"

"你中了什么邪了？"

"你答应了就会知道我中了什么邪。"

他从未听到她的笑声中充满如此的幸福。

"这么说你愿意去了？"他催问道。

"当然。但我想你肯定心有所求。"

"有所求总比失魂落魄的好，亲爱的。"他神神秘秘地说。

"如果我不知道你不喝酒的话，我会以为你在喝酒呢。"她说。

"最近发生了一些奇异的事情。我一直在喝理解之酒。我会告诉你的。"

"我不知道那是什么。但还是值得干杯的，你这个五旬节酗酒者！"

"干杯！不知为什么我想起了拜伦。他写道：'她如夜色在美中徜徉'……"

（陈永国　译）

穷途末路

一

阿莱西亚·麦肯齐　著

阿莱西亚·麦肯齐（ALECIA MCKENZIE）

牙买加作家、画家和记者，定居于法国巴黎。她的第一本书《卫星城》(*Satellite City*) 和小说《甜心》(*Sweetheart*) 均获得英联邦文学奖，2015 年曾入围英联邦短篇故事奖。她还著有《院子里的故事：那特兰雨停之后》(*Stories From Yard, When the Rain Stopped in Natland*) 和《医嘱》(*Doctor's Orders*) 等。她的作品曾刊载于多种文学杂志和国际文学选集中。描写艺术家的小说《甜心》已经译成法文。此外，她的短篇小说已分别译成荷兰语、西班牙语、波兰语和芬兰语。

她一阵风似的进了门，脱掉大衣，将两个华伦天奴的购物袋扔在扶手椅上。不知道为什么，她看上去总是急匆匆的。不了解的人会误以为她有数不清的重要事情要做；然而我觉得这才是成功的秘密：看起来忙忙碌碌，永远在赶时间，哪怕是在一天结束的时候，你也说不清你到底都干了些什么。

　　至于我，我可没时间去装忙。我听过她向她先生抱怨——说我效率太低，不知道我还能撑到什么时候。不过这刚五月份，她就已经接连换了五个清洁工了。现在看来，才来了七个礼拜的我也算破纪录了。

　　"午餐好了吗？"她问我。

　　"是的，我这就端上来。"我应道，走向厨房。

　　我感觉到她有些不安起来，等着我加上"夫人"二字。但是自从三十岁以来，我就决定不再用这个词了。她的名字叫玛德琳·拉索特，我在心里叫她"蠢妇"，而当着她的面称她"玛德琳"——我认为，这已经足够接近"夫人"一称的待遇了。

她尾随我到了厨房，刚好在门口停住脚步。一眼看去，她是个漂亮女人——苗条、碧眼，而且富有。可是她脸上的有些东西就是不对劲儿：那硬朗、阳刚的味道和她完美的身体之间有种不和谐的怪异。不过，人们最先注意的还是她的衣服。她总是盛装打扮，好像马上就要去给《时尚杂志》拍写真。不过作为一位美容顾问，她必须得扮演好这个角色。顾问——这是我初来乍到那会儿就学到的一个词，也是我将来想要努力的方向：一个家政顾问，会教人怎么掸尘，怎么正确地清洗抽水马桶。

"你准备的够两人份吗？"她问。

"够的。"

她待上片刻，清了清嗓子就出去了。要是因为没说

"夫人"就炒我鱿鱼什么的，随她去吧，我才不在乎呢。城里的家政服务工是稀有动物，总有人问我能不能为她们挤出一天半天来——她们要烫的衣服太多了，床底下的灰尘攒团成堆，急需来人替她们看上几个钟头的小孩，她们的老公抱怨着已经被淡忘的丰盛美餐。我在这里的这些年从来不愁没活儿干。从周一到周五，我每天都朝九晚五地工作，周末的惬意时光我则和埃洛尔一起度过。星期六的晚上，我们会去金羊毛大街，观看《创世纪》，再踏着扎伊尔音乐的节奏跳起雷盖摇摆舞，直到凌晨三点。星期日我们会去赶一场五点钟的电影。上周我们看的是《极乐园》，讲的是一个住在寒碜小房里的男人，为了满足占有整条街道的欲望一个接一个地杀害了自己的邻居们。我挺喜欢这个片儿，虽然我搞不懂一帧一帧地描绘杀人的细节有什么必要。

不过想象一下：想要独吞一整条街啊。我不嫌弃我在雅克·布瑞尔青年旅馆的那个小房间，它价格低廉，还能让我静享独自一人的奢侈。搬到那儿之前我快被一年的合住逼疯了——毫无私人空间，人们看得见你来来去去，相信自己有权利在休息时间拜托你干这干那。要是某位先生打你的主意，或者他夫人觉得先生在打你的主意时，夫人们就会像猎犬一样对你紧盯不放。

我喜欢简单有序的生活——这也是为什么我在考虑离开蠢妇，她老是想要我把问题复杂化。比如说狗吧，她面试我的时候根本没提起过这只动物；长得像只大老鼠，她却坚持说他是条狗。一天我得遛他两次：刚进门一次，离开前一次。我猜遛狗的全部原因就是为了让他到室外去办大小号，不管是在人行道上还是在路边的公园里。但不幸的是，狗先生是头敏感的动物，动不动就在屋里搞出意外，那么谁来清扫呢？显然，蠢妇是不愿意弄脏她的手的。我想知道周末我不在的时候她会怎么应对，估计有幸给狗捡屎的是先生。

给狗擦屁股还不是最糟的。每每我出去遛狗，人们总认为我多的是心情聊天。在这个城市，没什么能比一条在你身边溜达的狗更能启发一段谈话了。"多可爱的狗啊。"他们说，"叫什么名字？多大了？什么品种的？"

她们总想知道狗先生是什么"种"的。往往我会说："我想他是北非来的，不过他怕歧视，所以别跟别人说。"这样，她们就会饶我们几分清静。我以前看孩子带他们出门散步的时候，没人看他们一眼。我独自在外时，大多数人躲着我的眼睛——即使是跟我同病相怜的人也是如此。可是，狗先生就会引来喜爱的目光，引来关于犬种的问题。

蠢妇说狗是先生送她的礼物，先生挑了这样一只动物，一定是因为他的模样能让老婆想起自己。先生是个矮小粗壮的人，长着一张方脸，眼睛总是在四下搜寻着什么。他拥有一家投资公司，我听说他和收税官发生过不少口角，不过话又说回来，我从雇主们那儿听到的一切都无非是税务和烂政府。

先生这人让我不安，尤其是他跟他老婆调情的方式。他老是用手把她的金发拂开，弹掉她衣服上看不见的小绒毛，在她走过的时候轻抚她的屁股。然而当我和他四目相对的时候，我看得出他不爱她。通常我来的时候他正要去工作，还不忘提醒她："别忘了去理发"或者"别忘了去做美甲"，即使她是这种永远看上去很完美的女人。头一回他这样做时，我还以为他们晚上要外出，可很快我辨别出了他声音里的讽刺。大多数早晨我装聋作哑，只是给狗先生套上皮带，然后带它出去。等我回来时蠢妇也离开了，或去见一位客户或去健身房、理发店或者商店。中午时分她总会回来。

他们的房子在露易丝街——虽然确确实实是栋公寓，却比我去过的任何一所房子都大。它占据了一幢大楼的整整一层，条条走廊似乎延伸出数英里。墙上挂满了画——只有画，没有照片；家具都是暗黑发亮的桃花心木。扶手椅都是合老人口味的式样，又高又硬，这样坐下后也不难起身。椅子摆放的位置让三个人都难好好坐着聊天，因为他们每人都会发现自己面对的是一幅画。这里没有温馨的小圈子。只要你来参观房子，就会知道蠢妇转行美容业之前是在画廊工作。

把食物摆上餐桌，我听见前门砰地一响。先生也回家吃午饭了。他们坐下开吃，我则到厨房去对付我的三明治和斯帕矿泉水。先生在午饭时间话很少，蠢妇却总是喋喋不休。我常常想，为什么有些人向来什么都不做，就可以手握重权。今天，她说的是那个逃了百万税务的富有的地毯商。

"这个国家已经到穷途末路了，让·克洛德。"她说，"为什么要逮捕一个提供了那么多劳动力的人呢？难道他为经济贡献得还不够吗？"让·克洛德没搭话，而她接着情绪激昂地说个不停。

我的午餐结束后就开始清扫四间厕所的第一间。当我告诉埃洛尔他们有四间厕所的时候，他说："好家伙！他们一定是彻头彻尾的混球。"埃洛尔和我做了一年半的朋友，他总能逗我笑个不停。他来自牙买加，在卡塔赫纳俱乐部的萨尔萨乐队当鼓手——我们就是在那儿相遇的。那年头，萨尔萨热门得很；有些人跳萨尔萨舞能跳穿每一个周六的傍晚。我从不试着跳萨尔萨，碍于我觉得不该：如果你没生在某个国家，就别尝试它的舞蹈。然而我喜欢听舞曲。那天我是和多洛瑞斯一起在卡塔赫纳俱乐部——她是个多米尼加共和国来的清洁女工，酷爱跳舞；她在舞池中摇曳生姿时，所有人都宛若机器人一般黯然失色。那晚，她一度把我拽到舞池中央，教我她的舞步，可我只是按自己的喜好随性舞蹈，任节奏带动我的髋骨。再后来在酒吧，埃洛尔凑过来做了个自我介绍，并请我们喝饮料。开始我以为他对多洛瑞斯感兴趣，不料他朝我要了电话号码。第二天，我们就一起看了第一场电影。

　　第四间厕所清理完了，我开始着手打扫五间卧室中的第一间。这时，蠢妇走进来坐在了床上。

　　"特莎娜，"她说，"啊，我不知道该怎么跟你说。"

　　"什么事？"

　　"嗯，你今早带着米沙散步的时候，有人来找过你。"

　　我拿着掸子的手僵住了。

　　"嗯？"

"是个警察。"

"他想要怎样？"我哑着声音问。

她犹豫了，审视着镜子里我和她的映像。我也看着我自己：我看上去还好，除了那条傻乎乎的短围裙。当我还是拉克罗克斯的一个少女的时候，我从来不缺爱慕者。人们曾经说我的脸——如果不仅仅是我的身体的话——酷似车祸之前的伊曼公主。即便是现在，远在这里，我还是会在街上受到男人的瞩目。我和蠢妇差不多一样高，只是我没那么瘦。我的眼睛是棕色的，我的皮肤也比她的黑，不管她比我多晒了多少日光浴。

"你知道，特莎娜，我面试你那会儿没问你要证件，因为我太急着找人了。"

我沉默了。

"早上的警察说你有可能是非法滞留——我知道他们现在谁都要管，不过这是真的吗？你说你在这个国家已经十一年了啊。"

我浅笑着，"我在这个国家确实十一年了。"

"那怎么可能是非法？"

"真的，没关系了。"我答道，"你想让我离开吗？"

"不，不。"她不耐烦地摆摆手，指甲闪出一道红色。"你活干得不错，虽然慢了点。你的饭做得好吃极了。你注意到让·克洛德回家吃午饭越来越频繁了吗？如果要鸡蛋里挑骨头的话，我要说你对米沙不大好。你得和他说说话，爱抚爱抚他——他是条需要很多关爱的狗——除了这以外我都挺满意的。不过，我不想要警察来我家。"

"我可以离开。"我又一次说。

"你在听吗？一定有什么办法能解决这个问题的。一切问题都是可解的，你知道吧？你试过办个证件吗？你一开始是怎么来的？跟我说说。"她拍拍身旁的床，而我一动不动地瞅着她拍打的一处。我希望她能放我一马，让我继续干活，或者干脆直接炒了我。我不喜欢这样突兀的融洽。

"十九年，就快二十年了。不是什么问题。不管在哪儿，你都能找到清洁或者做饭的活儿。"我说。

"就没人猜到吗？"

"猜到我没有证件？只要能把灰尘清理干净，没人在意这些。"

"嗯，"她说，"你很明智。"

她起身站到我面前，一股刺鼻的、金属味十足的皮埃尔布格里耶香水呛进我的鼻孔里。她直望着我的眼睛，我不禁不安地向后退了退。

她的脸上浮出一个罕见的微笑。"算了。"她说着，一边走出房间。

"可是如果警察回来了呢？"

"不用担心。我会跟让·克洛德说说。他没准能做点什么。我得去理发店了。走之前别忘了再带米沙去散一次步。"

她扬长而去。

灰尘，到处都是灰尘。每一天都要进行同样仪式般的战斗，而灰尘总是魔高一丈。我用掸子掸过梳妆台，差点碰翻她那二十来瓶香水和润肤霜。人们觉得他们不得不照顾我——我讨厌陷入这样的境地。我不相信帮助。当人们说"也许我们能帮助你"的时候，这背后可有数不清的猫腻。通常是因为这让他们觉得有优越感。或者因为他们想要从中获利。最初正是"帮助"把我摆在这片土地上的，而现在，我不知道什么时候能回到故乡，那个遍地杀戮、遍地偷窃的地方。

我停下掸尘的活儿，抻了抻胳膊，噎住喉咙里即将升起的尖叫——它有时会在我最无防备的时候破口而出。我到包里翻出一张唱片，放到播放器里，把声音调大，伴着安吉莉·基乔的歌声和音乐节拍继续干活。那总能帮我走出困境。

我叔叔是家里有钱的那个，是个万事通，永远备有所有的后台关系、所有问题的答案。他对这个角色要多爱有多爱。叔叔在加利亚开着五家餐馆，在那里打工的几乎都是家里人。他把他们当作比扎巴旦奴隶还要下贱的东西使唤。高中毕业的我不愿成为家业的一部分——我已经考下了六个 O 级证书，一心想去上大学，随便哪个小学院也行，可是我叔叔横插了一脚，对我父亲说我应该学着成为一个厨师。做烹饪总能赚到钱，他说，而且我的培训可以在他的一个餐馆进行，是免费的。我父亲欣欣然接受了这个主意，因为家里要生第十一个孩子了，这意味着我们需要更多的人手帮忙赚钱。当我没对我叔叔的好意表达出足够的感激时，父亲打了我的脸，仿佛当初叫他娶那三个养不起的老婆的是我。青紫色的淤痕褪掉些时，我就去给我叔叔打工了。

你若是足够聪明，就会学着擅长做你讨厌的事情。在餐馆里，我把他们骗了个遍。我把每盎司的愤恨揉打进黄油、糖、蛋和面粉的混合物里，仍然做出了供不应求的美味蛋糕。切肉的时候，我想象着自己在残杀一只动物，但从不让任何人尝出其中的狂怒。我咽下每一分叔叔教给我的东西，不和任何人谈起我胃里那团逐渐硬化、令人痛苦的肿包。

七个月之后，费斯图斯叔叔离开去料理另一家刚刚开业的餐馆，我成了厨房的负责人。我把木薯泥、牛肉羹和红薯分发给人们，用的都是我自制的香料；他们又回来要更多的，还拉帮结伙带着朋友们。其中有个在海外政府工作的常客。看我叔叔围着他团团转的样子，就知道他是个大人物；费斯图斯叔叔不在的时候，我也得摆出同样的姿态。只要约瑟夫·埃克班格瓦先生一进门，其中一个女孩就会跑来告诉我，好叫我亲自上前问其所需。他是个高个子、宽肩膀的男人，肉乎乎的脸上总是一副严肃的神情。那鼓出的眼睛告诫你想都不要想跟他套近乎，而且他会保证把这种氛围推开几码远。点菜时，他会上下打量着我，让我觉得仿佛在被谁慢悠悠地涂抹上泥灰。他从来不为饭菜买单，也许是因为他保我叔叔少缴了不少税。

　　我在餐馆待了不足一年时，消息传来，说埃克班格瓦先生被遣去欧洲作大使。费斯图斯叔叔马上张罗起来，要给他办一场盛大的告别宴会。那时我还不知道我也是该到场的一员。就在宴会的那天晚上，节奏都慢下来的时候，费斯图斯叔叔把我叫到他的办公室，向我展露了我的未来。

"如果叫你坐上一架大飞机，到一个能让你立刻富起来的国家去生活，你觉得怎么样？"他问我。

我皱起眉头。他终于拿到去美国的签证了？他还打算带我去另一家餐馆工作吗？

"我不明白您的意思，叔叔。"

"你觉得去比利时怎么样——一个极其美丽富饶的国家？"

"比利时？在哪儿？"

"法国旁边。关于你上过高中，考试通过的事，谁都别告诉，呃，因为他们不会相信你的。"他说，咯咯干笑了一会儿。

"我为什么要去法国？"我问，屏住呼吸。难道他想法子为我搞到了哪个法国大学的奖学金吗？有时候外国政府会给奖学金的，就看你是否认识对的人。埃克班格瓦家有两个儿子在纽约上学。

"不是法国，不是法国，"他不耐烦地说，"法国附近，比利时。埃克班格瓦先生要去那儿，你跟他过去，做他的管家。"

我瞪着费斯图斯叔叔，想不出说什么。

"我不……"

"一切都安排好了，"费斯图斯叔叔说，"五天后你就出发。"

我们降落在布鲁塞尔那天，天气晴朗、温暖，阳光灿烂。

"我记得他们说这是个多雨的地方，"埃克班格瓦夫人对她的丈夫笑道，"这里感觉跟加利亚一样。"

两辆梅赛德斯豪华轿车，由白人司机开着，停在机场外面等候我们；我们移步走上平直、宽敞、干净、跑满各种闪亮汽车的街道。没有人步行，或者在长满草的宽阔人行道上卖东西；这儿只有楼房，轮廓硬利，闪着微光，扇扇窗户反射着笔直的阳光。遇上红灯停下的时候，没有小男孩跑出来清洗挡风玻璃。没有人到跟前来问我们要不要买饮料。人都去哪儿了？

我们路过一片看上去像是居民区的地方，砖房一栋挨着一栋，我们看到有几个人走在人行道上。这时我感到从容点了，但是身处陌生环境的兴奋没能抑制住我的不适。

终于，车远远地开到马路后面，进入一个连空气都充满钱味儿的街区，将我们带到一座巨大的房子跟前。我等在后面，直到埃克班格瓦先生和夫人下了车，我才跟出来。

"欢迎来到特尔菲伦。"司机说。我感到一阵骄傲。我们在这个国家有多好的一位大使呀。

一个身穿灰色短裙套装和红丝绸上衣的肥胖女人正在门廊前候着，"欢迎来到新家，大使先生，埃克班格瓦夫人。"她这样问候我们，"我希望你们喜欢它。等你们稍作休息后，我会带你们去大使馆。"这下，我猛然间想到，这就是那栋房子了，我得自己一个人负责把这个鬼地方打扫干净。

那女人将我们带进去，开始带我们四处参观。随着埃克班格瓦夫妇俩的嘴唇抿得越来越紧，她的声音也越来越紧张。当我们看完了七个卧室、宽敞的办公间、女仆的工作室、三个卫生间和四个独立的抽水马桶之后，埃克班格瓦先生说："就这样？你找不到更好的了？"

那女人看上去快哭了。她解释道："我们看了将近五十所房子，大使先生，大部分只有两个卫生间和坐便。这真是我们能找到的最佳条件的了。"

埃克班格瓦先生从喉咙里发出一声厌恶的咕哝。他向外望去，看着房子周围一片广阔的土地在面前展开，然后对着空气宣布他要休息了，明天再去大使馆。他朝着最大的卧室走去，而埃克班格瓦夫人向女人询问，大使馆收到她的购物清单了没有，以及，房子里有没有食物。

"我们在冰箱里存了些东西。你要的一切在这儿都有，除了鱼。鱼得明天送过来。"

穷途末路

"特莎娜，给我们做点午饭。"埃克班格瓦夫人对我说。

当天晚上就开始下雨，断断续续的毛毛雨持续了好几天，当初迎接我们的阳光被阴冷的灰暗所取代。我感到彻骨的寒冷，即使我以前从没向往过阳光，现在却求之若渴。我甚至思念我的父亲，他那堆争吵不休的女人，还有我贪婪的、同父异母的兄弟姐妹。

不过，让我适应清理大房子的节奏没花费多久。大概三四个礼拜以后，事情就变得程序化了。先是打扫厨房和所有的卧室，然后再挨个房间攻克。然后为埃克班格瓦夫人准备午餐，还要为她、大使和客人们准备晚餐——如果我们有客来访的话。

闲着的时间里，我在特尔菲伦漫步，盯着那些大房子，心中纳闷要怎样做才能拥有一栋。第三周时，我在一个极大的公园里发现了博物馆，那里修建整齐的青草似乎绵延出数里长。中非特尔菲伦皇家博物馆里摆满了面具、古典家具、矛、鼓，还有狮子、美洲豹、土狼和各种鸟类的标本。这儿甚至有一头大象，全身上下只有那玻璃眼珠看上去不是活的。我一样接一样地观看，心怀赞赏和敬意——你要打劫，就要有打劫的样子嘛。我离开大楼时深深呼吸，能重新回到公园散步是个解脱，那里无垠的空间似乎等待着什么——一场游行盛会，或者阅兵仪式。

我的大多数时间都花在公园里，绕着村子四处走动。又过了几个礼拜，我找到了墓地——一座怕是死了有上百年的非洲人的墓地。我向在村子里教堂工作的一位老人询问关于墓地的事情，于是他给我讲了那个故事。"1887年，"他说，"比利时举办了一次世界博览会，刚果共有两百六十七个人被邀请于七月和八月前往，去做特尔菲伦的刚果村里的活人展览。可是那是个糟糕的夏天，几个非洲人病了，不得不在为他们特设的医院度日。七个人死了，不过剩下的活了下来，回到了家乡。"

"他们能来这儿非常高兴。"老人说，"他们度过了一段愉快的时光，离开的时候又收到了许多礼物。"

我微笑着感谢他的故事和讲解。"日安。"我说。

在公园待了一段时间，下午我急忙回家去准备晚餐——我总是保证按时到位。如果做到了遵守规矩、及时回应她气势汹汹的命令，埃克班格瓦夫人还是足够容易相处的。她从来不说"请"或者"谢谢"，不过总体来说她人畜无害。先生的话，我倒是无法容忍。他的眼睛，还有他看着我的样子活似一只青蛙，而我一直在等待他的起跳。出于防备，我每天晚上都把我的五斗橱推到卧室门口挡好。

他还没来得及有任何举动，就收到了召回通知。我们离开加利亚有五个月了，一场政变说换就换了政府。听说了这个消息，埃克班格瓦夫人准许我给家里打电话，可是我母亲——以淡定著称的二太太——对于我对家里的担忧嘲讽不已。生活在继续，她说。费斯图斯叔叔是将军的朋友。你待在那里吧，家里没什么好惦记的。

我帮埃克班格瓦夫妇打起包，他们发现我无意离开这个"最美丽和富饶的国家",于是狂怒不已,我却充耳不闻。

"那么,我们要留下你的护照。"前大使说,"看看你没了它怎么办吧。"

我没搭话,只是继续将东西放进一个个盒子里。

他们将要离开的前一天晚上,有只青蛙正欲起跳时,却发现被挡住了道路。要是想成功跳过去,它得将一个柜子推倒,吵醒埃克班格瓦夫人。它透过钥匙孔猥琐地呱呱叫着,直到我把一团卫生纸堵了进去。第二天早上我不想道别,六点就早早起来,乘上一辆公车,又转乘了电车,到横梁路的一家青年旅店登记入住了。

只要靠在各个青年旅店之间辗转,你就拥有一个低消费、安宁的生活。这儿待六个月,那儿待六个月。以家佣的身份打发一年,接着把以上步骤重复一遍。在青年旅馆,你能遇到来自世界各地的人们,这也是一种不用护照就能旅行的方式。

至于工作,正像我所说的,所有人都需要除尘。

安吉莉·基乔唱的是一种我听不懂的语言，除了一首：阿高罗。"请不要忘记伊费，我们共同的家乡。"她唱道。这时我会回想起小学时学到的，关于奥杜杜瓦国王，还有他那些走出伊费古城，四处建国的儿孙。

我和着安吉莉副歌的部分唱着，感觉心渐渐雀跃起来。我意识到自己实际上真的住在一个王国里，于是笑出声来。

当唱片转完，我牵上狗先生到伊克塞尔的水塘去散步。我喜欢布鲁塞尔这一地带，高高的排屋连栋立着，水边的花儿朵朵盛放。狗先生总是朝着天鹅、鸭和水塘里其他的禽类吠叫，而那些鸟群对他只是不理不睬。我喜欢鸟，我也在尽力对狗先生产生好感。我试着用一个新词呼唤他：乖狗狗。这让我觉得自己蠢透了，不过我重复着：小乖狗狗，并接着爱抚他；他回应了，舔着我的手。蠢妇是对的——他确实是条需要关爱的狗。

接下来的几个礼拜，我确保蠢妇看到我和狗先生促膝长谈。她在跟前的时候，我就不停地和他说话，而他则抬着水汪汪的大眼睛望着我。当我把这事告诉埃洛尔的时候，他怪嚷着说："特莎娜，老天啊，你没救了。"他的笑声刺伤了我，不过我没让他看出来。和我一样，埃洛尔也没有证件，即使他爱说"我们租间公寓一起住吧"，没有居住证明那根本无法实现。我并不真心肯定我是否想和埃洛尔同居，不过我厌倦了做一个行走在对警察的恐惧中的非人的存在。一张本地的身份证是你作为人类一员的凭据，而埃洛尔应当比谁都清楚这一点。

去年的某个清晨，他在俱乐部玩够了，在回雇主给他租的房间的路上被警察截住。警察管他要身份证，而埃洛尔告诉他们，自己只在这里待了三个月，并没有带护照。谎言话音未落，他就被扛上警车速速运往警局了。在那里，两个警察拿他的脸当沙袋一样捶打。他们边笑边揍他，用法语叫他听不懂的绰号。第二天，俱乐部的老板——那个有关系的女人——带着她的律师找上门来，他们就放了他。那之后，他们没再找他的麻烦，不过同样的事情很可能再次发生在他身上，或者我身上。

我和狗先生聊天，而蠢妇正和一位律师讨论给我办证的事宜。她说过了，这不会太容易的，我在这里待得太久了，又非名正言顺地属于任何类别：没有想办了我的政治群体，我也不是被侵家略地的"少数民族"的一员。不过，她仍然相信能找到个出路，逼着我照了护照证件照，还填了各种表格。

　　我带狗先生散步的时候就琢磨着这件事。随着我们渐渐友好起来，我甚至开始给他讲故事。从前，我为他诵唱过，有一个名叫茉买的女子，她的美貌是她故土的骄傲。方圆十里的人们互相传讲着她的魅力，每个适婚男人都幻想着能娶她为妻。可是女子的酋长父亲将她看得很严，他相信女儿配得上一位国王。他期盼一位勇武富有的人会来迎娶茉买，同时帮助自己打击敌人，毕竟茉买身处的国土民生艰难。她的人民行走在被邻国领主俘获的恐惧之中。每隔几天，那领主就会抓去几个年轻男女作为奴隶。茉买的人民试图抗击，可多少世纪以来代代是农民和工匠的他们不适合战争。

　　　　　　　　　　　　女王案：当代牙买加短篇小说集

酋长不知所措，只好发出声明：只要是能够剿灭邪恶国王士兵的人，就可以赢得茉买的芳心，成为国家的领主。然而，在任何人自告奋勇之前，又一场袭击爆发了，茉买本人被国王掳去。他看到她的美貌就立刻爱上了她，不忍奴役她，便娶她做了第五位妻子。茉买假装沐浴在国王的爱河之中，尽心在一切小事上取悦他，最终成了他最宠爱的、常伴左右的女人。但是，即使他对自己恒久的爱信誓旦旦，却从未停止向她的同胞开战，把他们抓来当奴隶卖掉。目睹她的人民被生生地从自己的家园故土上剥离，和外乡人一同被送走，茉买的心中燃起一股怒火：她知道自己不能袖手旁观了。一天早晨，她趁众人依旧沉睡之际早早地出门，去采集某种只能在天亮前采到的草药。接下来的一天，她煮熟了草药，将它掺和在国王最爱的饭食里，他啧啧大嚼——就像，就像你一样，狗先生。黄昏的时候，国王就死了。于是茉买得以让自己和她的人民都重新获得了自由；她回到故乡后被人们尊为一位女祭司，在那里一直快乐地生活着。

穷途末路

这可以拍个不错的电影，对吧？我问狗先生，可是他看上去病恹恹的。他开始发出咳嗽似的声响，像是要呕吐却吐不出来。终于，有东西吐出来了，看着像团棉花。狗啊，就是什么都吃。他看上去太糟了，我不得不决定把他带回家，还得抱起来，放在臂弯里，心里想着可千万别撞到多洛雷斯或者别的什么认识的人。

我回去的时候，蠢妇正在公寓里，见到我抱着狗先生十分感动。当我告诉她所发生的事时，她开始围着他忙这忙那，最终还是决定他的病情不够重到去看兽医。她自己呢，看上去也不怎么好。卸去了妆容，她的脸苍老疲倦，人显得紧张而心烦意乱。过去的两天里先生出差在外，也许她是想他了。

我熨了几件衬衫，给房间掸了尘，又清理了卫生间，接着开始准备午饭要吃的奶汁焗菜。她说，那是她最爱的佳肴，很抱歉不能敞开了吃。

下午我干完了活，她叫我到起居室坐下。我俩面面相对，她目不转睛地盯着我看了一阵子，我想道：又来了，警察又回来了吗？

"我得离开一个星期左右，今晚就得走，不是很确定什么时候能回来。所以，我想让你带着米沙回自己家去。你能做到吗？"

我瞧着来到我脚边躺下的狗先生，撇了撇嘴。这有点过分了不是吗？然而，我估计在青年旅馆不会有人在意的。

"好的，"我对她说，"没问题。"

"谢谢你。"她说，"还有，我不在的时候，你就不用费心打扫公寓了。等我回来的时候会给你电话的。"她抱起狗先生，亲了亲他（我把头别开了），又把他递给了我。

和狗先生坐上电车，我感到一阵不好意思；不过令人惊奇的是；人们都给了我友好宽容的微笑。最后不可避免的，坐在我旁边的那女人发表了意见：多么可爱的狗啊，什么种的？

我走进青年旅馆的时候，接待员没有任何异常表现，只是在问候"晚安，您好吗？"的时候微微扬起一条眉毛。但是麻烦随着晚上的到来而到来了……来自埃洛尔。

"你应该对她说'不'的，"他说，"我不想每次来的时候都会看见这条狗。实际上，我还是来都不要来了——直到你把它送回去。"

我知道狗不是真正的问题所在。困扰埃洛尔的是别的什么东西——到了深夜，狗先生离开我们的视野钻到床下的时候他才能吐露的东西。他厌倦了总是被困在同一个地方，他说。他渴望旅行的自由，渴望能够在移民局员工的鼻子底下挥舞他的护照，而有人给了他得到这种自由的机会。

"是谁？"

"玛格丽特，她想嫁给我。"

我放声大笑，狗先生在床底下发出一声受惊的吠叫。玛格丽特·克罗凯是埃洛尔驻场演奏的那个聚乐部的老板。她是个有魅力的女人，娇小玲珑，一头长长的、发红的秀发，蓝眼睛。她早就是老黄瓜了，却还当自己是稚嫩少女一般刷着绿漆。

"有天晚上警察又来烦我了，你懂的，特莎娜，我实在忍不下去了，所以玛格丽特给了我这个提议。其实就是做做样子，咱们俩还是可以继续在一起……"

他离开的时候，我还在大笑个不停。

第二天被我全部消耗在了床上，只是偶尔起身喂喂狗先生，在他看上去紧张过度的时候带他出去。

次日，我带他到布鲁塞尔公园去散了个长步，好防止我们在小小的房间里疯掉。这是个罕有的晴天，可我还是觉得麻木而冰冷，尽管狗先生追赶鸽群的样子让我露出了笑容。

埃洛尔宣布消息后的第三天，我怀揣着一个决定醒来：我要到加利亚大使馆去，让他们送我回家，我还得把狗先生送到一个收容所，给蠢妇写封信告诉她能找到他的具体地址。可当我准备好要离开房间时，接待员来了，他告诉我邮递员邮来了一个包裹要我签收。

那是个大邮包，我把它带进房间，在狗先生的注视下用颤抖的手打开了它。一定是埃洛尔邮来的什么东西，我想。盒子里有一顶红毡帽和一条配套的、前胸下面有扣子的短袖红裙子，都带着华伦天奴的标签。裙子下面是一个厚厚的棕色信封。我打开它，拿出了一个印有我名字和照片的护照。护照中间的几页里有一沓钞票，我笨拙地数了好几遍，掌心又粘又湿。信封里还有一枚封在塑料里的身份证，以及一张对折着的白纸，我飞快地打开了它——

亲爱的特莎娜：

我想这会儿你已经听到消息了，知道该远离公寓那个是非之地。不管怎么说，这些是给你的。钱是用来帮你照顾我的小乖乖米沙的。请不要把他送走。

玛德琳·拉索特

我不晓得这封信是什么意思，我打算研究个明白。

不过首要的是先穿上裙子，戴好帽子，好好欣赏一下镜子里的自己。我看上去从没这么美过，真希望埃洛尔现在能看到我。我抱起狗先生走过青年旅馆的大堂，仿佛我是这里的主人。我们溜达到附近的报纸亭，买了两份晚报，一份当天的，一份昨天的。收银台后面的男人热情殷勤，称我"夫人"，问我有没有任何别的需要。几件衣服带来的变化多大啊。

在人行道上，我快速浏览着报页——是这里：先生一身黑白装，旁边附带着一段他如何卷走了客户钱款的故事。过去的两天，警察一直在搜查他的办公室和住宅，却没有发现他或他妻子的任何踪迹，那篇报道说。到底是他们一同潜逃了，还是妻子在丈夫离开之后独自隐蔽了起来，目前仍然下落不明。警察在盘问为这对夫妇工作过的人。

我没等着读完下文，就冲回青年旅馆，把几样东西扔进箱子。我充满爱意地抚摸了一会儿那护照和身份证，然后将它们放进了手包里。接着我抱起狗先生，沿着大路匆匆赶到玛多广场，叫了辆车直奔火车站。

　　火车开动的时候，狗先生正坐在我的腿上。我爱抚着他棕黑色的皮毛。"阿姆斯特丹听上去怎么样啊，米沙？那之后呢？巴黎？你知道那儿的人有多喜欢狗狗么。"我自顾自微笑起来，我看到车窗映出的镜像，被这微笑吓得不轻。不，埃洛尔，我才不是穷途末路的那个。你才是。我呢，我要逃离这个鬼地方了。

（沈新月　译）

辛迪的写作课

一

阿莱西亚·麦肯齐 著

什么东西能制止噩梦。这就是她想要的。任何东西——她乞求朋友推荐给她的那个男人。

整整花了两个小时才到达里奥·克卜勒转弯处的那个村子，他就住在这里。先是在拥挤闷热的公共汽车里的长途旅行，接着在汽车站和另外五名乘客共租了一辆出租车。她的背几乎无法靠到座背上。但很快就剩下她和司机了，其他人一个接一个地下车了，他们急速行驶在凹凸不平、狭窄的土路上，来到了周围都是田野的一幢房子前。司机又加收了七十美元车费，说他原先并不知道路途竟有这么远。她没还价，付了车费，站在外面望着出租车开走了。

门牌上写着：曼医生。

那是你的真名吗？她问他。曼？有两个Ｎ？

其实不是，他说。大家都叫我 the doctor man，所以索性就以它为名好了。我能为您做点什么？美女小姐？

她向他讲了那些噩梦，失眠。许多星期没有一个整夜的休息，早上起床像疯了一样。感觉似乎想要杀人。她还是没有说出最后那部分。

"我能治。"他说。

那是四个月之前的事了，而医治是彻底的。各种草药熬制而成，盛在他给她的一只旧百事瓶里喝了下去。她脑袋一碰枕头一切就都彻底黑暗了。几个小时里，她感觉与自己的世界隔绝了，被投进一个没有任何动静的世界，没有任何图像从外部进来，或从内部出现。一点声响都没有，心灵没有受到任何干扰。她醒来不再愤怒了，但对所面对的白天也感到了然无趣了。

好了，你可以停笔了，辛迪说。现在读读你们写的东西。

我想再多写一些这个不能做梦的人的情况，但我还是放下了笔。那是辛迪让我们写的内容，一个失去做梦能力的人，无论怎样都不能做梦的人。尽管我刚进入角色，但我们必须朗读我们那些美妙的故事了。朱妮第一个。她写一个小女孩，过去常常做彩色的梦，蜂鸟和叶子花的梦，但她总是把那些梦讲出来。那就是朱妮，总是回到儿童时代。该长大了，亲爱的朱妮。

玛娃是第二个。玛娃这个人总是要与作业的要求相反而行。她故事中的人物做许多梦，都是用刀砍人，用棒子打人，把一生中欺负她的人切割得稀碎。

她读的时候我移开了视线。我们都知道各自的故事，即使辛迪仍然躲在阴暗处，或假装躲着。轮到我时，我读得很快，想尽快读完。辛迪让我慢下来。过了一段之后，我又快了起来。故事结尾时，辛迪和我对视了很长一阵子。

"我喜欢。"她说。

算了吧，我心里想。

她评论其他故事的时候，我闭上了眼睛，努力在想我最后一次做梦的时候，但辛迪的声音把我惊醒了。

"莎拉，你的人物是喜欢过去的噩梦还是现在的无梦？"她问我。

"我不知道。我该对她有更多的了解。"我回答说。别人都笑了。

"好吧，我们过会儿再讨论这个问题吧。"辛迪说。关于你的下一个故事，我想让你写你不再做的一件事，是什么阻止你不再做了。

我边思考边嚼着笔头，琢磨着辛迪这个人。她姓特兰，律师介绍她时我第一次听到这个姓。她告诉我她是从越南来的。以前我们当中没有人见过越南人，尽管我们都模糊地了解到，美国在那里打了败仗。那是什么时候？辛迪很快就告诉我们了。

我们开始上这门课的时候，大家都没有隐藏对辛迪的好奇心，但我们开始时了解到的无非是她来自美国的一个名门望族。现在，她来到这个岛国是要完成一项任务。在我看来，她就是一位船长。长而闪光的黑发随风飘逸，细瘦的身体伏在方向盘上，带着全体船员出海执行任务，不管你愿意不愿意。但我知道那不是要写的故事。在一个几乎没有浮出水面的岛国上，你必须摆脱与我们这些人有关的一切事情。

她是学精神分析的，她最终告诉我们，她已经写了几本书，获了一个大奖，这使她能够决定去做她一生中真正想做的事。她策划了一个项目，教危难中的女人们从一些组织得到更多的钱，那个项目就是"欢迎到加勒比海来，宝贝"。但我是在浪费时间，我是被迫写的。她在说什么？你不再做的某件事？好吧，我可以考虑几件事情。

我拿起听筒，是她。她开始了她的十大抱怨之一。你看，我都给编排好了。

我的合作者都恨我。

老师们又在欺负我的男孩子们。

房东是这样一个烂人。

电话公司又在敲我的竹杠。

我的公寓里结冰了。

我要在这个国家里被冻死了。

那个该死的人的保险计划要把我整垮了。

电视没有什么好节目。

妈妈从来不爱我，她最喜欢你。

还有一个大问题：从来没有人听我说话。

可是我过去是听的。我会放下手头的任何活计，听她讲呀讲，一讲就是一个小时。当抽泣声漂洋过海传到我耳朵里时，我还设法安慰几句。我听她讲失业、被学校开除、班机取消和汽车失灵。这最后一条会令她号啕大哭。噢，我该怎么办？该死的车不动了。引擎只是克朗克朗地响。仿佛我就是修车工一样。

我听她说话，在阳光明媚的大白天和无眠之

夜。我听她说话，一支胳膊吊悬着，一只眼睛紧闭着，感觉仿佛在井底下。我听到电话那头的回声，接线台的咔嚓声，而且费用倒付。在出庭日的间隙，在电视报道期间，以及在街道邻居的沉默之间，我听着。

也许我出于内疚感，因为妈妈的确爱我更多，夸我更多，明确说我是她的最爱，甚至也对她的朋友们如是说。而电话里的这个女人，比我大五岁，却用我作为攻击目标来弥补那个例外。我学着不反击，只是睁开眼睛、张开耳朵听她吐槽。然后，十七岁时她离开家，与一个比她大一倍的男人同居了，后来搬到了明尼苏达州的明尼阿波利斯。我母亲嘲笑那些地方，许多苹果，许多苏打水。但在夜里，我听到母亲为她祈祷，一遍又一遍地念叨她的名字。母亲心脏病发作后，电话从未断过，除非在台风期间，因为电话线断了。

她没有回来参加母亲的葬礼以及两年前父亲的

葬礼。我流产时她也没回来。而我在监狱期间，我不知道她是否打过电话，还为没有回应而烦恼过。

她知道都发生了什么。她一定知道。当一切都结束之后，我尽力想告诉她。

"我自由了。"我说。他们说我是正当防卫。

"噢，是吗？"她回答说。"那好呀。你知道，我昨天病得很厉害，我来告诉你……"

就这样，我不再听了。我再也未听到过一个字。我不知道她什么时候挂断的，或是我挂断的。此后她打过几次电话，我真的不能告诉您她都说了些什么。来来回回的还是那些抱怨，毫无疑问。

好。写完最后一句话，辛迪说。但我已经写完了。

辛迪听口音是美国人，但也不完全是。实际上，她已经开始有我们的口音了。这个岛国似乎在改造她的元音。我们又轮了一圈，该我读的时候，其他人开始点头，咯咯地笑个不停。

我了解那种人，玛娃说。的确，你可能已经卧床不起了，但他们的问题总是比你重要。

我读完后什么也没说。她们都以为我就是文中的我，我也感觉到了她们的同情，这个我受不了。

三个月以前这个项目开始以来，我不知道我们写了多少故事，也不知道辛迪究竟想要什么。写这些随便的题目对我们有什么好处？对她有什么好处？我可以写一部关于我的生活的百科全书，可那什么也改变不了。而当我们真正需要她的时候，辛迪究竟在哪里？

但这都是法庭设定的条件。我发誓，我听到法官本人也在唠叨：该死的联合国的钱到处飘荡，这是她告诉我报名参加培训班的时候说的。辛迪说得很清楚，她想让我们自己明白为什么处于这些虐待情境之中。她就是这么说的。虐待情境。

一定还有别的术语。但我现在想不起来了。我为什么在那种情境之中？辛迪，因为你始终尽力要看到好的，尽量相信事情会改变的，如果你努力理解的话。那一定是压力，你对自己说。他一定是厌烦了如此努力地工作，也许朗姆酒能使他放松一下。开始时都是那么的美好，但不久就开始骂人了，而你习惯了他骂你是醉醺醺的妓女，让他在他的朋友和你的朋友面前羞辱你。

而你只是望着他，辛迪：搞笑先生在外面做他的超级推销工作，没有人对关起门来之后的那些粗野的打扮猜来猜去的，摔在你脸上的那些脏物，殴打，鲜血和呕吐……

辛迪又说话了，我深呼一口气，关闭了心房。"我们还有半个小时，"她说，"好。我们以前没写过这个题目，但我想让你们写曾经改变了你的生活的一天。"

我大笑起来，别人看着我，不知道我笑什么，于是我勉强平静下来。她究竟想从我们这里得到些什么？现在这很清楚了。改变了我的生活的一天。**她刺死了男朋友。他死了。**故事结束了。但在此之前，在此之前发生了那么多事。也许在我的生活步入这个轨道之前还有许多其他的日子，所以才在辛迪的课上收尾。我决定这次不写故事了。在最初的几节课上，她曾教我们怎样写日本诗，俳句，一个生词，五音节、七音节、五音节。也许还有另一种顺序，七—五—七？也许二者都对？我真的不在乎了。我拿起笔，写道：

幸福可能是

一个婴儿腹内动

一踢全结束

我从笔记本上撕下这张纸，工工整整地放在桌上。然后，我站起身，走出了教室，耳后响起了辛迪的召唤。

（陈永国　译）

女王案

一

奥利夫·塞尼奥尔 著

奥莱夫·塞尼奥尔（OLIVE SENIOR）

生长于牙买加，曾在牙买加和加拿大接受教育。是十七部虚构小说、非虚构小说、诗集和儿童文学作品的作者。短篇小说集《痛苦树》(*The Pain Tree*)荣获 2016 年加勒比海文学 OCM 勃卡斯奖。2015 年，《渴望更好：西印度群岛人与巴拿马运河的建造》获 OCM 勃卡斯非虚构作品奖，该书从一个不为人知的角度重讲了巴拿马运河的建造过程。所获奖项有"英联邦作家奖"(《夏日闪电》)；诗集《世界屋脊的上空》(*Over the Roofs of the World*)入围总督奖 (the Governor-General's Award)最后一轮。儿童故事集《安娜送水》(*Anna Carries Water*)是"纽约市 365 天读物"为一年级小学生推荐的二十本书之一。她的作品已有很多进入国际课堂，诗集《热带园艺》(*Gardening in the Tropics*)目前已进入加勒比海小学教学大纲。目前她在多伦多洪博尔大学作家学院任教。

每天下午四点钟前，舅舅准时出门。他不需要做什么准备。自从英国回来后，他那三件套就未离过身，所以，他所要做的只是戴上圆顶礼帽，拿上拐棍和手套。但是，即使这些简单的动作也浸透着伟大的目的性和深思熟虑。舅舅做每件事都如此。帽子的角度要正确，手套拿在右手里，要与手杖构成准确和谐的关系，然后举步外出。

"下午好，小丫。"他会用一种深沉悠扬的声音招呼我。

"下午好，舅舅。"我说，边从我正在学习的卧室里出来，望着他启程。

舅舅僵直地走下三个水泥台阶，走上通往大路的小路，从不错过一个节奏，我肯定他行动准确，仿佛在皮卡迪利马戏院里散步一样。唯一的差别是乡间大路没有人行道，事实上，那并不是什么路，只是铺着石头和泥灰的小道，也没有排水系统，所以，路两边都是深沟，每次雨后沟里都积满了水。路上没有行人车马是好事，因为唯一可以散步的地方是路中间。

舅舅对此毫不在乎。他会走在路中间，摇晃着手杖，也不管尖利的石头是否会扎破他那双擦得锃亮的英国鞋，或者灰土路上的灰尘会不会粘在衣服上。他迈着僵直而准确的步伐，走一英里半到村里的广场，每遇到一个人都会脱帽致意，并致以从不改变的微笑，因为那笑就固定在他脸上，永远是内向的。有时，如果我碰巧也在广场，我会在那里与他偶遇。他会在路边散步，准确地在街角转弯，走到路对过儿，顺着另一边的路朝家的方向走去，并微微摇头婉言谢绝酒吧里的那些人——姥爷的朋友们——让他进去喝两盅的邀请。舅舅只是笑一笑，点点头，然后接着走他的路。他散步时从不和人说话。

舅舅走路如此挺直，他总是和我说起我曾经拥有的那个上发条的小玩具人，它的手和脚都机械般地一挺一挺的。有时候他也感到自己僵硬，甚至坐着也是。我从来没见过他舒缓过，谁也没有见过他脱过他的三件套。

舅舅刚从英国回来的那几天，没有人对他的行为多加考虑。大家都知道他离开二十多年了，需要时间重新适应环境，都期待着一旦摆脱那种僵硬和怪异，舅舅就会和正常人一样了。开始的时候，姥姥曾试着让他脱掉西装、背心和领带；她想象穿着那些沉重的、黑色的英国毛料衣服还不得热得开了锅，虽然他带回来一个行李箱，但除了睡衣、一件袍子、卫生用具、一把好看的梳子和牙具外，箱子始终原封未动地锁着。她曾主动提出帮他整理东西，晾晒衣服，需要熨的也帮他熨熨。"不，谢谢，妈妈。"他说。姥姥确实主动把他父亲的棉纱衬衫和卡其裤子，还有一双鞋拿出来让他穿，因为他们穿相同的尺码，以为他没有热带服装，但他还是说，"不，谢谢，妈妈。"也就仅此而已了。他说话的声音圆润悦耳，那么文雅，那么简练，我觉得他措辞时嘴里总是含着一颗熟李子。"不，谢谢。"这就是他所说的一切，但甚至这我也喜欢。

"给他点时间，让他重新适应我们的生活，"我听到姥姥每晚上都和姥爷说，"很快就会正常的。"

姥爷不回答。除了星期五晚上去拉姆塞酒吧喝白朗姆酒的时候外，姥爷平时不怎么说话。可不知道什么时候他开始唠叨个没完没了，甚至让人烦，有时还听到和他的朋友安德森先生大声争吵，深夜里两个人喝醉了酒，在大街上跟跟跄跄地吵嚷着。隔着墙我能听到姥姥（总是躺在床上听外面的动静）大声地叹气。我能想象她边摇着头，边下床把油灯捻亮。姥爷出门后她总是把灯调得暗暗的。我能从门缝里看到灯光突然亮起来，听到她急忙回到床上，这样姥爷跟跟跄跄进屋的时候她就能假装睡着了。星期五夜里她从不对姥爷说什么，因为除了这一晚，姥爷实在没什么可抱怨的。"已经不是我们年轻的时候了。唉，孩子。"她会说。"那个男人每天都让我哭得泪流满面。"但随着年龄的增长，姥爷变得柔和了，现在几乎不说话了。舅舅也不说话，除非有人对他说话。而不管对他说什么，他都回答说："不，谢谢。"

我是唯一一个舅舅可以多说几句话的人，我从来不知道为什么。姥姥对我说，他离家之前曾经和我的妈妈很亲密，而我又简直和妈妈长得一模一样。我不知道这是不是原因，因为我很小的时候我的妈妈就去世了，姥姥只有她的一张照片，还是一张快照，她那么苍白，那么疲倦，我都看不出她的面目特征来。有时候，我想舅舅是不是以为我是他去英国时留下的小妹妹，因为他也叫她小丫。

舅舅回来和我们一起住的那年我十岁。我对他极其好奇。他僵直地坐在阳台上，我总是不离左右，希望他能对我说点什么。他整天坐在阳台上，脸上带着那种神秘的微笑，在姥姥来召唤他吃饭之前，他从不放松一下身体。然后，他会来到餐桌旁坐下来，假装吃饭，因为几乎没有什么食物碰过他的嘴唇。

长时间以来他没有任何迹象表明他注意到过我。一天下午，我路过他门口的时候，惊讶地听到他喊我："过来，小丫，听听我的心脏。"

我感觉有点难为情，就走过去把耳朵贴在他的胸口上。

"听到什么了吗？"他问。

"它在跳，舅舅。"我说，除此之外我还能说什么呢？

"不，小丫，你错了，"他说，"你听到的不是我心脏的跳动。我早已没有心脏了。那是他们装在我身体里的机械装置。像钟表一样嘀嗒地响。我在那里住院的时候他们把我的小心脏拿出去了。医生们把一些电线接在我头上，乘我失去知觉时把我的心脏拿出去了，装入了这台机器。我从来没有让他们这么做，小丫。从来没有。这是最高级的犯罪。我给女王写信谈及此事。我给女王写了四十封信。你知道女王回信是怎么说的吗？"

他在等待回应，所以我诚实地回答说："不知道，舅舅。"

"小丫，女王回信说那不是她该管的事。她这么说你同意吗？她难道不是所有人甚至最卑贱之人的女王吗？我们不是口袋里揣着带着她头像的钱币到处走吗？全世界不是有数亿人口袋里揣着她的头像到处走吗？可她却说这不是她该管的事，她的医生、她的医院——皇家，外面用大大的字母写着的，每一个人都看得见——她的医生拿走了我的心脏，把一口钟装进去了。你认为这是对的吗，小丫？我连喝水都要特别注意。我的整个余生都要特别注意。万一他们装在里面的机器生锈了呢？但我没有放弃，小丫。如果我必须终生寻求正义，我就要寻求正义。总有一天我要让你看看我和女王的全部信件。"

"好的，舅舅。"我说。

舅舅从假兜里掏出表，看了看，恰好差一分到四点，于是他戴上帽子，拿起手套和手杖。"下午好，小丫。"说着又去散步了。

我告诉姥姥说舅舅把一切都告诉我了，姥姥大哭起来。"可怜的儿子啊。可怜的儿子啊。"她哭喊道，"多么艰难的生活呀。"

　　姥爷并不想谈论他们的儿子，但姥姥总是想让他说点什么。姥爷坚持不说，尽管我们知道他难过。难道这不是二十年来他曾经向人们炫耀的那个儿子吗？当听说舅舅最终要回来的时候，他不是在那个星期五晚上在酒吧里敬了所有人一轮酒吗？他们不也敬了他一轮吗？难道姥爷不是为了庆祝儿子归来而醉得被人抬回来的吗？

　　姥爷格外为儿子骄傲，当其他有儿女在海外的父母吹嘘自夸时，他说他儿子有头脑，他一直在学习，这话他说了二十年了。请注意，姥爷所说的学习的意思是很含混的。舅舅走的时候是要学医的。他用了很多年来学习。谁也不知道发生了什么，但是似乎没有什么结果。后来他们所知道的就是他并没有学医。每一次写信来，他都说在学习不同的东西。后来一段时间，姥爷姥姥就不知道舅舅究竟在干什么了，因为他几乎不给家里写信了。他们甚至不知道舅舅有了老婆孩子，直到那个叫克莱丽莎的陌生女人写信说舅舅病了住院了，他们才知道。

她没有详细说是什么病，而医院的名字对他们来说又毫无意义。此后，他们偶尔接到她的来信，尽管她没有特别说接到了他们的信。她写信主要是表达她在特定时间的感觉，而不是要安慰他们的。他多次进出医院，她一个人带孩子很辛苦，那么，可怜的儿子就从来没有做过有用的事吗？姥爷姥姥不知如何是好，所以就假装没有看到信。

　　姥爷由始至终一直在隐瞒真相，他所宣布的都是儿子的好消息，夸奖孙子们和他们的好成绩。大家都知道他在装假，因为谁接到了国外的来信，谁没有接到，这在女邮递员那里已经是公开的秘密了。但是没有人告诉他，对于许多有孩子在海外学习的人来说，他们一般都有同样的脸面问题。这就是姥爷长期以来一直做的。这些年来，他不断编造关于儿子的故事，讲给酒吧里的朋友们听。而他们也把这些故事讲给他们的老婆听，仿佛那是真的福音，所以姥姥最后也得撒谎了。每次教堂礼拜之后，女人们都会说，"哇，哇，我听说你儿子又找到一个好工作啦，是吧？"

"呃，是的，多卡斯小姐，"她说，"好男人就是好男人。"

但是，姥姥会在话题深入之前就匆匆离开，因为她不知道姥爷这次又编造了关于舅舅的什么故事，她担心会露馅的。她没有与姥爷吵架，因为一个男人必须要有点可以吹嘘的东西，而社区里的其他人总是令姥爷姥姥非常气愤，说他们的孩子回家了或寄了什么礼物回来。每天都会有人从门口经过，带着从国外寄来的礼品，这使姥爷姥姥备受折磨。男孩子们会把袖子撸起来，故意亮出手腕上的新手表，女孩子们会穿着新的高跟鞋。他们走路时总是把收音机扛在耳边，一个傻乎乎的女孩甚至把她的婴儿放在婴儿车里在大马路上推着来回走，那是和她同样傻乎乎的姐姐从伯明翰寄来的。比这些新东西更糟的是电视机（那时候还没有电，甚至没有电视台）、电冰箱和立体声收音机等，也蜂拥而来，更不用说时髦的新衣服、新窗帘和新床单了。

姥爷姥姥从来没有接到儿子从海外寄来什么东西，因此感到面子很不好看。所以当舅舅的老婆写信来，说她已无法维持因而要送他回家时，他们去接他，仍然希望他能带回许多东西，各种各样的东西，来弥补这些年来丢失的脸面。他们并不是真的想要什么；这只是个理论问题。他们需要显摆一下，就像其他人一样。

舅舅回家之前，姥姥常常把他当作我学习的目标。"你看，小丫，如果你专心学习，你就能去个什么地方。去英国。像你舅舅索尼一样去上大学。专心看书吧，孩子。"舅舅回来后只带回一只箱子，还始终锁着，他们也看到了他的样子，姥姥的忠告也变了。

不知道什么时候姥姥断定舅舅疯了，尽管开始的时候她从未用过那个字。她只是说舅舅患了"脑应变"症，大家都知道这是由于学习太努力引起的。所以，以前她敦促我学习，总是检查我进步没有，现在却担心我是不是用脑过度了，因此也会患"脑应变"症什么的。"记住你舅舅的教训，"她时不时地对我说，"你最好合上书，睡觉去。"

夜里，当她在隔壁和姥爷说话时，我隔墙听到她在琢磨着另一些故事。那些天，姥姥和姥爷几乎不怎么睡觉，我半夜醒来，惊奇地听到姥姥还在用正常的声音说话。"约尼，"她对姥爷说，"你真的以为索尼小时候我们对他要求太严了吗？你以为对他太过分了吗？他的确不像其他人家的孩子有时间玩，确实没有。他一直是个很认真的孩子，从出生那天起就很认真。"

我会静下来听姥姥说，好像在陪她一样，因为即使姥爷醒着，他也不回答她，有时会哼唧几声，如果姥姥继续唠叨，他会生气地说："老婆子，你就不能闭上嘴，让人睡会儿觉吗？"有时候，姥姥好像根本没听到姥爷的话，会连续几个小时地说下去。我就打起精神来听着，万一姥姥说到我妈妈呢，她生我的时候死了，所以我从来没见过她，姥姥从来不说起她，而只是说她哭得像个孩子。我所知道的都是听姥姥说的，她还以为只有姥爷听着而没有别人呢，但自从舅舅回家后，她就只说舅舅了。

"小丫出生时他还不到一岁。但是索尼从来不惹麻烦。他一定知道可怜的妈妈没有时间照顾他，"她说。"另一个小丫！我费尽了力。一场病刚好就来下一场。没想到她竟然活了两年。我没有时间照顾索尼，但从未见过这么坚强的孩子。索尼从来不哭。他小的时候就帮我做事。没惹过一次麻烦。他真是个好孩子。"

姥姥沉默一会儿，显然是想念她那两个死去的孩子，我会昏昏睡去，然后再被她的声音唤醒。

"可是约尼，说实话。你不以为从小我们就用他用得太狠了吗？看他是不是有出息的孩子。还记得他一大早就起床去打泉水吗？然后喂兔子？然后去看林，拴羊。然后要走五英里去上学，那时候，他得去蓝姆堡去上学，这里没有学校，也没有公共汽车。放学后，他也干这干那，直到天黑。记得吗，约尼？你对他很严的。为一点点小事就把他打个鼻青脸肿。老家伙，那时候你脾气很坏。"

姥爷从床那边哼唧几声，好像受到多大的折磨似的，但姥姥不理他。"他总是想要成功。从小他就对我说，'妈咪，我要当医生。我要当个大人物。让你和爸爸为我骄傲。'我会对他说，'好呀，好呀，好儿子，给爸爸妈妈当个医生。'我陪他一夜一夜地读书，最后终于获得了奖学金。我很骄傲有这么一个认真的孩子。不像身边那些娘娘腔的孩子，走起路来腰板挺直，像个士兵。"

"天哪，老婆，是外国人把他弄成了这样。"姥爷终于开口了，忍不住说话了，"你讲这些老掉牙的故事有啥用？过去的已经过去了。孩子离开家时好好的，你知道的。我们两个人陪着他走到第二站台，看着他上了船，不是吗？克罗尼号。我永远不会忘记那一天。我们送一个好好的孩子去英国，穿上西服，打上领带，还没到达就俨然是一个小英国人了。都是他们那地方给搅和的。人不应该离家这么远。那使你软弱。你没看到有多少人出国回来后都疯了？"

姥爷的话让我三思。我开始细数我们认识的那些出国又回来的人。我能想到的那几个我们都说"不正常"。普林格尔的女儿格罗瑞亚从美国回来，自言自语，整天像疯蚂蚁一样，后来疯了。接着是巴格曼，也是个有出息的儿子，尽管人们忘记他是谁的儿子了。巴格曼穿黑色面粉袋式的衣服，又硬又脏，他在秦氏五金店门外的人行道上睡觉，除非圆月之日不影响任何人，每到那天他就去五金店后面的香蕉地里，像驴一样大叫个不停。巴格曼去英国参战了，回来就成这样儿了。罗宾森先生有个儿子在贝尔维尤，也是去英国学习过的。洛尔小姐的女儿在丈夫找别的女人之后自杀了，而且杀死了自己的两个孩子。是不是外国的空气里有什么东西让人发疯，就像姥爷所想的那样？

有时，我对这些事很感兴趣，因为我自己也想要离开，想要高中毕业后去英国学习。但我不想变疯，尽管我发现我和舅舅一样口齿流利。那是我最喜欢他的地方。但我也为他感到难过。我真的想知道到底是什么使他变成这个样子。从他走路的样子，我曾经想象他把所有痛苦都装在心里，如果他能讲出来，一吐为快，他的身体会放松的。但舅舅从来不讲话。过了一阵子，也没有人和他说话了。可姥爷也不怎么说话，尽管舅舅刚回来时，姥爷尽力了。逐渐的，姥爷发现舅舅疯了，你能看到姥爷心里想的一切，和舅舅一样，因为姥爷挂不住面子了。他感到羞愧，因为舅舅不仅仅在家里疯。一天夜里他对姥姥说，如果舅舅像你那样把疯藏在心里的话，这样就不会有外人知道了。但我们不能不让舅舅出去，他每天向全世界炫耀他的疯。

　　过了一阵子，社区里的每一个人都认为舅舅疯了。他们不再称他"索尼先生""医生"和"先生"了，他刚回来时人们都是这样称呼他的。现在他仅仅是"索尼"，甚至小孩们也排着长队跟在他后面，模仿他拖着僵硬的腿走路的样子，他报以固定的笑容。大人们比较宽容，尽管当他路过时他们都风趣地喊他。然后他就成了现在这样的固定样子，不再有人注意他了。几个月后，舅舅像巴格曼或"转腿"蒂尼一样，也成了当地的"人物"。

姥爷酒吧里的酒友们在姥爷出现时不再提舅舅了。就好像他二十年来一直挂在嘴边的儿子突然从地球表面消失了。没有人谈论舅舅，姥爷反倒心安了，但同时他也感到难堪，被骗和难堪的感觉。有一个患疯病的儿子，这比任何事情都糟糕。

姥姥和姥爷开始担心我了。除了对我学习用功表示神经质外，姥姥还说："小丫，亲爱的，你上高中时千万不要告诉同学你有个疯舅舅。千万不要。因为他们会认为你也会疯。疯可能是家族遗传病。千万不要让别人知道你有个疯舅舅。"

拿到奖学金时我很高兴，我可以离家去住宿学校了，因为有舅舅在社区里晃来晃去这太难了——我要忍受学校里孩子们的讥笑，因为舅舅，我平生第一次和同学们动起拳头来。我很高兴能够远离这个地方。

我得承认，那时候我已经开始讨厌舅舅在周围晃荡了。当家里只有我和姥爷姥姥时，我们在一起很合得来。舅舅来了，我们有时只是呆呆地坐着，无话可说，我们三个人假装他不在那儿，但仍然完全意识到他的存在。他会精确地切他的食物，但只是做做吃饭的动作。我有时不知道他是怎么活过来的。而且整天三件套，已经渐渐变褶了，脏了，还有那僵硬的姿势，固定的笑脸。姥姥和姥爷也像舅舅一样逐渐保持距离和沉默，不久，本来如此温馨、充满了爱和关怀的家，现在变得空旷冷酷，仿佛那里已经不再有人住了。

　　每次放假回家我都感到家里越来越空旷，两个老人和舅舅就像罐子里的干豆子在房子里晃来晃去，他们各自的空间在缩小，完全闭锁在各自的沉默里。然后，舅舅回来的几年后，在一个假期里，终于有事发生了。一天，我一跑进家门，就看到舅舅从他房间半开的门伸出头来。显然他是在找我，所以，一看到我，就把手指放在唇上，招呼我进他的房间。我进来后他关上门，仍然用一只手暗示我不要出声，而里面那一只手上则挂着一把钥匙。我还未来得及想这钥匙是干什么用的，他就径直走到放在床底下的箱子那儿，把钥匙插进锁里。我终于能看到这个神秘的箱子里到底装的是什么了。这几年来姥爷姥姥不停地猜测他究竟把什么东西藏在里面了，从来也没有放弃里面藏着什么宝物的希望，比如他们盼望如此之久的外国货。

但当舅舅转动钥匙、猛然打开箱子时，我看到里面装的都是纸——由于日久而变黄和易碎的装在信封里的信。由于处理太多次，这些信上已经有许多皱褶，手一碰到就撕裂了。数百张变黄的纸上满是舅舅工整简练的字迹。他把全部信件拿了出来，放在桌上，便不停地说了起来，"你看，小丫，这就是我写给女王的全部信件。"他边说边拿起一包一包的信给我看。"这是她给我的回信。但是这，小丫，"他说着抓过一大把信，"这就是我的案子。我准备了多年的案子，用了我整个一生准备的案子。我要六百万英镑的索赔。你不觉得我该得到赔偿吗？我和我的孩子们和孩子们的孩子们？我从未想过去医院，小丫。他们把我拖去的。你得说是绑架了我。是对我的人格侮辱和毁形。把我的心脏拿出去，再装一个机械的。你知道为什么吗，小丫？"舅舅猛地把脸转向我，双眼一下子聚焦起来，仿佛要进入我的双眼一样。

"别这样，舅舅。"我说。

"因为这些人只懂机器。这是我的发现。想要把我们也变成机器。这样他们就能随心所欲地让我们工作，使我们疲劳，没有人敢说一句话。因为我们已经不再是人类了。可是，你看这里，小丫，我在做我的案子。我想让你代我去做。带到英国去。带给女王。你可以告诉她我很抱歉，如果你愿意的话。告诉她让她困惑我很抱歉。但是我已经等了很久了，不能再等了。"

舅舅又把信件放回箱子里，随后马上又锁了起来。他看了看表，宣布说该是散步的时候了。就我所知，他再未打开过箱子，也没让人看过那些信件，而且，像他一样，我也一直把这个秘密装在心里。

如我曾经祈祷的，我终于摆脱了这个问题。功夫不负有心人，我读完高中，获得了去英国读大学的奖学金。整理行李的时候，姥姥哭了，因为在为我的成功高兴的时候，她也正确地指出我放弃了学习医学，就像舅舅当时那样。"小丫，好好照顾自己。别太用功了，听见了吗？别让发生在你可怜的舅舅身上的事在你身上发生。那是努力学习造成的。"

我从英国写信给姥姥，只报喜不报忧。但我很烦，并为我的理智祈祷，因为我常常瞥见舅舅可能经历过的事情。我从未与舅舅的家人联系，我能对他们说什么呢？

在以后的十年里，我有许多次极想回家，当然我付不起路费。先是姥爷病危，接着是姥姥病重，紧接着就是她病逝的噩耗。好在我的紧张学习抵消了我的悲伤，而且尽力去想这样一个事实，即除了舅舅之外，我在这个世界上并不孤单。我常常担心舅舅，当然，他从未回我的信。但我时不时地能从照看他的邻居那里听到他的消息。他的生活似乎没什么变化。

我一通过资格考试就回家了。我去乡下看舅舅，事先没有告诉他我要来。走进那幢房子之前，我做了最坏的打算，但我惊奇地发现，让我无法理解的是，那里不再像我离开时那样空旷冷漠了。我惊奇地发现舅舅一开门就认出了我，也许他仍然把我看作他的小妹妹。我注意到他有许多表面的变化：他不再穿西装了——或许早已破碎不堪了——但仍然穿着非常正式，即使穿短袖衬衫，他也带背带和领带。姥爷临死前允许邻居们耕种他的土地，条件是照顾舅舅。他们所能做的就是把食物端给他，给他洗衣服，但他似乎也不需要别的什么。舅舅仍然对周围一切毫不在乎，脸上仍然是那副固定内向的微笑。他仍然像上劲儿的玩具娃娃那样僵硬地走路，我还发现，他仍然在下午四点整出去散步，摇着他的拐杖，向遇到的每个人脱帽致意，只不过现在是一顶软毡帽了。

屋内看上去多年没有除尘了。我看到舅舅终于把箱子打开了，并把他的文件摆在了所有平展的地方。地板、床、桌子、椅子，上面铺满了文件——信件、信封以及写有简练小书写体的纸张。

"小丫，"他打招呼说，"几乎准备好了。我几乎完成了我的案子。我要把它寄给女王了。"

环顾四周，我倒希望姥姥和姥爷的魂灵能够现形，但是，自他们死后，他们的魂灵第一次归天了，我再也见不到他们了。我站在那里，强烈地感到那种荒凉和退化，但房子本身不再像我走时那样干燥、那样吱嘎作响了。它现在明亮通风，仿佛摆脱了多年沉重的负担、秘密和孤寂。我看着舅舅，他那么瘦，看起来轻飘飘的。他满屋子走动，说话，从破碎的信封里拿出信件，再把它们放回去，还是那种机械的动作，我以为，在那遥远的微笑背后，在那僵硬的军人姿态背后，一颗心仍然在正常地跳动。那就仿佛当他终于找到地方打开箱子，摆出他的信件时，他才有生第一次倾倒他的生命。

（陈永国　译）

基石

一

杰奥弗里·菲利普 著

杰奥弗里·菲利普 (GEOFFREY PHILP)

小说家，生于牙买加，著有小说《加威的鬼魂》（*Garvey's Ghost*）、多部诗集和故事集，作品被收入几乎每一部加勒比海文学作品集，并是少数几位入选《牛津加勒比海故事集》（*Oxford Book of Caribbean Short Stories*）和《牛津加勒比海诗歌集》（*Oxford Book of Caribbean Verse*）的作家之一。他在美国迈阿密大学获得硕士学位，现于迈阿密达德学院教授创意写作。目前正在撰写诗集《埃夫斯戴立的奥瑞夏》（*The Orishas of Ives Dairy*）。

我恨他。他有宽大的褐红色的前额，总是满手攥着灌木。卡尔顿总是走来走去的，好像只有他了解这个地方似的。

但是，那个星期五下午，我并没有刻意盯着卡尔顿。我望着他用大砍刀砍灌木，然后把板子钉在房子周围，以防每一个电视台都说的尚未到来的一场台风。我正在邻居伯尼家忙于研究一棵成熟的人心果树。

伯尼，一个老派纽约客，一个真实的人物。他大部分时间不露面，除了早上为了取报纸而在车道上漫步。他身穿无袖衫、蓝卡其短裤、白袜子和一双草鞋，嘴里总是叼着一支烟——就他的心脏状况来看，他不应该吸烟，烟卷悬在嘴角，要不就是夹在右手的食指与中指之间。

大约三个月前，伯尼患了心脏病。当急救人员赶到给他测血压时，我发誓，伯尼手里仍然夹着一支烟。伯尼用两根手指指着心脏，仿佛在说："对，就是从这里开始疼的，然后是整条胳膊。"

　　伯尼的儿子发现的时候，他们吵了一架，我是从我寝室听到的。我想他们不会和好了，但最终他们和好了。现在他们每个星期五晚上都去赌场——我决定去爬他家的人心果树时就以为他是去了赌场的。

　　我把手机放在阳台上充电，然后就溜进了伯尼的院子。我四处瞧瞧看是否有人偷看，没有人。我抱着树干就爬到了那棵人心果树的树顶。我刚要摘果子，伯尼就大叫起来："你在我的院子里干什么？"

　　接着，我听到拉枪栓的声音。

　　"没干什么。"

　　我慢慢地从树上爬下来，举起了双手。伯尼拿烟卷的那只手握着枪，左手伸进兜里掏手机。

　　伯尼双手颤抖，手机掉在了地上。我有要突袭他的冲动，但最终决定不那样做。我们中有一人会中枪的，那麻烦就更大了。我母亲最不想要的就是更多的麻烦。

"糟糕。"他说着弯下腰去拾摔散了的手机。烟灰从双腿间落下。

在伯尼捡电池的时候，卡尔顿跨过大街，站在了我和伯尼之间。

当伯尼终于把手机装好，一抬头看见了卡尔顿。

"躲开，卡尔顿。我要叫警察治治这孩子。他偷我树上的果子，被我逮个正着。"

"放松点，伯尼。这是温斯顿。马吉的孩子。"

"谁？"

"她就住在你隔壁。那天你在车道上心脏病发作叫急救车的那个女人。"

"哦，对呀。我怎么以前没见过他？"

"他几个月前从牙买加来的。而且不像你总在家里，他常常外出。"

伯尼咯咯地笑了，把手机放回口袋里。他从唇间拿下烟卷，夹在了手指间。

"还有枪，"卡尔顿说，"你让我紧张。"

"你，紧张？那怎么可能啊！"

伯尼把枪插在腰间，用两根烟卷指指着我，说：

"这次我就不计较了，孩子。但是如果你再来，我就打中你的屁股。你知道我会成功的。"

"好了，"卡尔顿说，"你的避风窗怎么样了？"

"我儿子说要帮我，可你是了解他的。他就像古巴表那么准时。"

"如果你儿子半个小时内不来，我来帮你弄窗子吧。"卡尔顿说。

我以为伯尼没有听他说话。他走在车道上时正陶醉于他开的玩笑呢。

伯尼一关上门，卡尔顿就转过身来，龇着牙笑了。

"你疯了吗，孩子？他会杀了你的，而且不会被起诉。警察会因为'不可擅入'法说那是'正当防卫'。"

"我没求你帮我呀，"我说，"我自己会处理好这事的。"

"怎么处理？你以为伯尼不会射你吗？你想想你妈妈会有什么感觉？"

"我妈妈有什么感觉与你无关。"我说着转过身来。

我知道这刺痛了他。他每星期六下午都和妈妈坐在阳台上。每次遇到时，我都偷听他们的谈话，了解到我妈妈在我考入当地社区大学时竟是那么高兴。她所不知道的是我上大学是为了不让她来烦我。就像我来到这个国家仅仅是由于她卖了我们在牙买加的房子，我没地方住了。

她对卡尔顿说，自从我在她工作的超市里偷东西被抓以来她就一直担心我。只是因为她是首席出纳员我才没有被逮捕。

在整个过程中，卡尔顿始终点头，好像他了解我似的。但他对我一无所知。

也是在我们星期六晚上的闲聊中，我发现他们都曾经是基督复临安息日会教友，而卡尔顿曾在牙买加当过警察。现在他搬到了迈阿密，他决定当个护士。什么样的男人才会当护士呀！

卡尔顿也许以为当了护士就会抹去他在牙买加当警察时干过的坏事。不管怎样，我倒是很高兴他会来串门。因为如果有人要照顾妈妈的话，那就一定是我了。

此外，卡尔顿并不像我那样了解我妈妈。妈妈总是说她生活中不能有那种粉客男人。她想要的是像爸爸那样"有责任心的男人"。但每次她遇到"有责任心的男人"，她都感到"喘不过气来"，不出三个月，就把他踢出门去。

我亲眼看到同样的事也发生在我父亲身上。他们吵架，然后和好，再吵架然后再和好，直到他离家出走。他最后一次离家时，妈妈对我说，我们只能靠自己了。

"你准备好应付台风了吗？"卡尔顿问。

"什么台风？"

"马上就要来的台风，"他说。

"你没听新闻吗？气象员说由于北方的高气压，台风

基石

越不过礁群岛，然后会转向巴哈马。"

"台风要来了。"

"你怎么知道？"

"你看小区两边的榕树和黄蝴蝶树，你看到鸟了吗？看看小区周围，你看见我常常喂养的那些猫了吗？看看这棵人心果树的树干，没看到蚂蚁都爬到这个洞里了吗？台风要来了。"

"你是说你比国家台风管理中心的气象员还懂得多吗？"

"我不需要气象员来告诉我什么要来。我的家人——乡下人，多少年前就了解这些迹象。"

"看你谈论牙买加时的样子，听起来它好像是世界上最伟大的地方了。既然你那么热爱牙买加，为什么还离开？"

"你太年轻，不了解这一点，"他说，"牙买加就像我爱的一个女人，但我无法与她生活在一起。"

"你是什么意思？我明白的。"

"如果你明白，你就会懂得离开的那些人带走了牙买加最好的东西。如《圣经》所说，'匠人所弃的石头，已成了房角的头块石头。'"

"是基石，"我说，"我也懂我的《圣经》的。"

"那你怎么会忘记'不许偷盗'的？"

卡尔顿穿过马路，回到家中。他收拾起满是食物的盘子，那通常是他给小区里的猫准备的。卡尔顿拾起盘子后，进了车库，检查了汽车发动机。

他以为我是小偷吗？那其实不是偷。伯尼从来不吃人心果。它们熟了，落下来了，松鼠们将把它们吃掉。他也不在乎那棵树。如果伯尼在乎的话，他儿子就不会用链锯锯掉底下的枝条，也正是因为这样我才看到树上的果子熟了的。

我坐在阳台上看着那些榕树，希望能看到哪怕一叶草来证明卡尔顿是错的，这时，妈妈开车进来了，车顶上绑着三张夹板。

"温斯顿，快来帮帮我。暴风雨朝我们来了，我要你帮我把这些夹板钉上。"

我从椅子上跳下来,帮妈妈解开了绑木板的绳子。

"去对过儿找卡尔顿来帮忙。"她说。

"我们不需要他帮忙,"我说,"我会做。"

母亲看着我,然后点点头。我们卸下夹板,防水密封胶带和其他防台风用品,饮用水、电筒和罐装食品——包括每一次危机时母亲的必备品,罐头牛肉。

她还买回了炸鸡肉,当我拿出食品袋中的罐头时,母亲把一个包裹得紧紧的袋子拿进了弗罗里达间。母亲是那么忙,竟然还穿着出纳员的服装,胸前一个巨大的H代表霍华德超市。

"你觉得这些够了吗?"

"只是一级飓风,"她说,"会导致一些破坏。天知道,我现在无法应付任何破坏。"

接下来的两个小时里,母亲和我用夹板遮住了房前的窗户。我们干活的时候,我望见卡尔顿帮伯尼给房子周围围上了防护窗。

当我们围到房后的时候，夹板用光了。母亲也曾计划买一些防护窗，但我们没有钱。妈妈总是说"明年吧，明年吧。"经过上一次糖尿病的惊吓之后，她把钱都给了医院。此后，她一直在付医院的账单，没什么闲钱来买别的东西了。

所以，尽管气象员说防水胶带无法防止飓风的，母亲和我还是用它把窗户封成X型，每做一个X，母亲都会做一次祷告，然后我们进了屋。

我拿起手机，此时已经充满了电，把草坪上的椅子拿了进来，关上了前门。

房子里一股炸鸡的味道。我跑过去打开餐桌上装炸鸡的袋子。刚要咬时，母亲说："我不想让你做祷告，可你洗手了吗？"

"没有，妈妈。"我说着从桌边站起来。我走进厨房，在水池里用洗涤剂洗了手。

"既然你在那儿了，就把我的格列甲嗪带给我吧。"她说，"你去药店给我买药了吗？"

"去了，妈妈。"我说，我撒谎了。我本来计划要去的，但被人心果分了心。加上伯尼的出现完全打乱了我的计划。

幸运的是，她还有存货。明天我会不声不响地去药店抓药的。

我倒了一杯水，擦干了手，把药片倒在手心里。当我把药片放在餐巾纸上、把水放在她的盘子旁边时，母亲笑了。

母亲已经为我准备好了食物，我坐下时，她开始祷告了。为让她高兴，我也低下了头。

这就像麻烦开始之前我们在牙买加时一样。我们在一起吃早餐和晚餐，喜欢相互的陪伴。然后，她遇到了一个男人，霍普顿·伽利莫尔，在教会野餐会上遇到的。我从一开始就怀疑他，后来发现他只在周末来我们家，我就越发怀疑了。我对母亲说他已婚了，但她不信。

我告诉母亲他与毒品和当地军警有关，她也不信。后来他妻子来我们家，威胁要杀死我和妈妈，她才知道真相，但已为时过晚。

当他妻子的警察心腹几乎要了我的命时，霍普顿安排我妈妈离开了牙买加。我躲在姨妈家里。姨妈笃信《圣经》。我整天活在失去生命和灵魂拯救的恐惧中，最后母亲派人把我接了过来。母亲并未想离开牙买加。她的一个姐妹——一个生于斯、死于斯的笃信者——说妈妈是背教者，仿佛她抛弃了信仰一样。就我而言，牙买加给我的唯一好处就是给我机会成为一个美国人。

"当你对的时候，你就是对的。"母亲对我说，这成了她最喜欢的名言，"我应该听你的话的。"

此后，我们再也未提起过霍普顿。

吃过炸鸡后，母亲从冰箱里拿出她背着我藏起来的一个塑料包。里面是朗姆葡萄干冰淇淋。她喜欢朗姆葡萄干。

她是在担心什么。每逢母亲有所担心时，她既不喝酒也不吸烟。她吃冰淇淋。她最后一次吃冰淇淋时，卡尔顿没再来过。

"你的糖怎么样，妈妈？"

"我还不完全是糖尿病。所以我才吃药。"她说着吞下了药片。她去厨房从柜橱里拿出两只碗，把满满的一大勺冰淇淋放入碗中。

"你也来点吗？"

通常我不吃美国冰淇淋。这和我在牙买加常吃的冰淇淋不一样。虽然霍普顿从未带我们去德丰屋，但每次他带来椰汁咖啡或荔枝冰淇淋时，妈妈总是很感激他。

"先别洗碗了。"她说。我们坐在沙发上，看关于台风的新闻。超市货架都空了，唬人的价格也开始出现了。夹板的价格涨了三倍。

"一块该死的木头四十五美元。他们是在抢劫！"母亲边说着边挖碗里的冰淇淋。

气象员以几乎致歉的口气概述了阿尔伯特台风的历史，是突然在墨西哥湾登陆的一次一级台风。他也描述了引导气流是怎样导致了台风锥体的变化的。虽然阿尔伯特没有五级台风威尔玛的威力大，但他劝我们要保持警觉，因为大风的速度会高达每小时九十五英里，可能会形成龙卷风。

母亲和我正坐在沙发上看新闻，灯就摇曳起来，接着听到砰的一声响。一个变压器爆了。灯光又闪了一下，屋子里便一片漆黑了。

"我想可能是这里。"

"没有办法，只好等着它过去了。"母亲说。

我吃完碗里的冰淇淋，站起身要把碗送到洗碗池时，母亲把她的一只碗也递给了我。

"只多一只碗，"她说，"你洗完后，把你房间里的家具从窗口移开。我的房间也同样。"

"你不睡觉吗？"

"不。我想待在这里，安静一会儿。"

我拿起母亲买的一只电筒，望着她坐在沙发里吃冰淇淋，看着电视的空白屏幕。

回到自己的房间，我从未感到如此的孤独。透过 X 窗口，我向卡尔顿的房子望去。他的发电机已经开始发电了，光线从他在夹板上钻的孔洞里射出来。

当把桌上的书和桌子搬离窗口后，我的胳膊及全身都很疼，于是一头栽倒在床上。我没有脱衣服，甚至没有洗淋浴。我浑身裹着毯子，聆听房子里的声音。

整幢房子鸦雀无声。我和母亲刚刚搬进来时，中央空调的嗡嗡声在夜里总是时有时无，让我多少天来不能入睡。可现在只有风吹屋檐的嗖嗖声。

唧！

像是弗罗里达间的屋顶被掀开了！

"妈妈！"

我从我的寝室冲到起居室。母亲抱着空碗在沙发上睡着了。

我揉了揉她的太阳穴，她惊恐地醒了过来。

"温斯顿，你还好吧？"

"很好，妈妈。我在这儿。"

我解开她的围裙，把她扶起来。这时我们才发现沙发旁边的冰淇淋桶已经空了。

"我们去浴室吧，"我说，"这里不安全。"

母亲靠在我肩上，我们一起走向浴室，据气象员说，浴室是房子里最安全的地方。

我把毯子铺在地上。看到妈妈安静下来，我去寝室把褥垫拉了过来，万一我们会用它遮盖一下身体呢。

我们在浴室的一个角落里蜷缩着，母亲靠着我的肩头睡着了。天开始下雨了。听起来像是鹅卵石击打在屋顶上。大约三个小时了，雨越下越大，仿佛石头暴雨一般。然后，雨停了。

一阵怪异的安静。接着风刮了起来。吼声穿过榕树和黄蝴蝶树。树枝吱嘎作响，断落在草坪上。

风在我家周围旋转着，前门变了形，但却抵挡了一会儿。最后风吹破了门，顺着墙直冲屋顶，吹走了瓦片，它们就像卡尔顿经常喂养的野猫一样四处乱窜。

房子被压得晃来晃去。就好像有人对它施了巫术。雷声震动了墙壁，它们就像着了魔一样地颤动着。一阵火车般的隆隆声落在了房子上。我的耳朵鼓了起来，几乎不能呼吸了。空气中噼啪作响，仿佛屋子里已经被抽空了。

我抓起褥垫，盖在妈妈身上，赶在一声巨响震动整个房子之前溜进了褥垫底下。不管那是什么，我都得等到第二天早上了。

黎明时分，风雨停了下来，我推开头上的褥垫，环顾浴室四周。

一切似乎都很正常，我走进起居室。清晨的阳光洒在沙发上，满屋子阳光明媚。我抬起头来，看到了有生以来所见过的最蓝的天。

飓风卷走了弗罗里达间和厨房的屋顶——几乎所剩无几。橱柜和食品储存室被劫掠一空，仿佛有盗贼来过一般。

我回到浴室来叫母亲，可她一动不动。我摇动她的肩膀，但没有回应。

"妈妈，妈妈，快醒来。快醒来！"

绝望中，我打了她的脸。她醒了。

"温斯顿，把药给我。"她嘟囔着说。

"好的，妈妈，好的。"

虽然我知道我不可能找到药片，但还是急忙回到厨房找母亲储藏药的地方，那是她为了急救用的。母亲总是把东西藏起来——为"雨天"储备东西。

我找不到药。药连同半座房子一起被卷走了。我匆匆赶回浴室。

"我找不到，妈妈。我找不到。飓风把药卷走了。"

"天哪，怜悯我吧，"她说，"天哪，怜悯我吧！"

我不知道如何是好。那是我的错。如果我没有想去偷人心果，母亲就会有药了。我曾尽力要保护她，可我没做到。

只有一件事我可以做到。我冲出浴室，全速跑到马路对面，撞击卡尔顿的门。

"卡尔顿，卡尔顿，我妈妈需要您的帮助。"

卡尔顿打开门。他左手拿着一杯咖啡，右手拿着一片吐司。他的房子闻起来有培根和鸡蛋的味道。

"什么事？"

"我妈妈需要您的帮助。她的血糖——"

"她的药呢？"

"我们没有药了。被暴风雨冲走了。"

卡尔顿再没问什么。他放下咖啡杯，进了卧室，拿着药箱和听诊器出来了。

关掉热水壶，卡尔顿把听诊器塞进箱子里，和我一起来到我家。

"像是被炸弹炸飞了，"他说，"怎么会有这么糟糕。一定是龙卷风。太偶然了。"

我领着卡尔顿跌跌撞撞地走过废墟，穿过曾经的弗罗里达间。他踩着了柜橱的门，躲过了橡头悬下来的铁丝。

"天哪，"他说，"这是怎么啦？"

卡尔顿绕过褥垫，进了浴室，检查了母亲身体的重要部位。他甚至没有戴手套就给母亲的手指打针验血。母亲甚至不知道他来了。

"打911了吗？她现在血糖过高。我们要把她送到医院去。"

"没有，"我说，"我马上打。"

混乱中我竟然忘了打911。我进了自己的房间，抓起手机。电量已用尽95%，我只有一个格。我拨响了911。

"喂，急救室吗？我母亲病了，已经昏迷。马上需要急救。"

"周围的路都清理过了吗？"

"我不知道。"

"先生，我们接到许多电话。我们必须保证护理人员能够治疗病人。请弄清楚后再打电话来。"

电话挂断了。我回到浴室，向卡尔顿说明了情况。他把听诊器和血压计放回箱里。

"我们去看看路有没有清理出来，"他说，"帮我扶她起来，我们不能把她自己放在这儿。"

卡尔顿和我站在母亲的对面，扶她站了起来。她浑身冰冷潮湿。

"她要死了吗？"

"不，只要我还能做点什么，"他说，"去我房子里把炉子上那壶热水拿来。再拿两个干净杯子。"

"你要干什么？"

"别问了。照我说的做！"

卡尔顿用这种口气对我说，我也没和他争论。他说起话来像个警察，不像护士。我马上站起来，到卡尔顿家，去取杯子和热水壶。

我回来的时候，卡尔顿在阳台上，怀里抱着我母亲，就像抱着新娘一样。

"从房子里拿出一把椅子来，拿来后，再去我的栅栏上摘两把绿灌木叶子来。"

我刚要问卡尔顿要做什么，就看到他眼睛里在说："别问了，孩子。"

我照他说的做了。卡尔顿把母亲放在椅子里，用手掌擦去母亲眉头的汗水。

我去卡尔顿家两次，一次取杯子和水壶，一次去摘灌木叶子。卡尔顿拿过灌木叶子，到我家里洗净了叶子和树枝。他回来后，把灌木叶子放入杯子底部，然后把热水倒在叶子上。

"你在做什么？"

"我忘了你是个城里孩子。这是古代逃亡黑奴的药方。"他说，"多少世纪以来我们都用苦瓜降血糖。"

"有用吗？"

"有用，"他说，"守着她。十分钟后，水浸泡叶子后就一点一点喂她喝。"

"你真的是逃亡黑奴吗？"

"我和马库斯·伽维都是。"

"马库斯是谁？"

卡尔顿摇了摇头，眼望着天。阳光照在路边水池中的水面上。

"你要干什么去？"

"我看看道路是不是已经清理出来了。"

"如果没呢？"

"我就开出条路来。"

母亲说了句什么，我看她的脸时，眼睛又翻了白。

"妈妈，你不要死。妈妈，你不要死。不要死。我答应你，我答应你，妈妈。我再也不撒谎，再也不偷东西了。妈妈，我答应你。只要你不死。"

我让自己难堪了，可我不在乎。我愿做任何事，只要妈妈活着。卡尔顿都听到了，但他继续向大街走去，好像什么都没发生一样。

他在大街上四下张望，挠挠脑袋。榕树和黄蝴蝶树都纷纷倒地，堵住了街道的两头。卡尔顿迈过一个水坑，望着风中飘荡着的一个塑料袋。塑料袋落在了伯尼的草坪上。

他回到自己家，拿起他的大砍刀，顺着大街快步走向榕树群。他脱掉衬衫，抡起大砍刀，砍着那些榕树的枝丫。

木片四处飞溅，卡尔顿着了魔似的猛劲砍着。现在只剩下树干了。卡尔顿停下来，转过身，看着伯尼园子里的那棵人心果树。

他把大砍刀扔在地上，急忙跑到伯尼家，敲他家的门。伯尼打开门。他正吸烟呢。两个人嘀咕了几句，伯尼招手让卡尔顿进去。

卡尔顿出来的时候，带着一把锯，伯尼的儿子就是用它来砍人心果树底部的枝丫的。卡尔顿检查了一下锯口，开动了发动机。

链锯的噪音引来了小区里的孩子们，卡尔顿停下手来和他们说了几句话。很快，孩子们就帮他清除了路上的枝干和树桠。接着，他们的父母也来了——这些人卡尔顿和我母亲以前甚至都没说过话，卡尔顿也和他们聊了几句。母亲们叫来了她们有病的或受伤的父母，大家都来帮助卡尔顿。几个小时后，卡尔顿和邻居们搬走了路上的障碍物。他们齐心合力，好像是一个幸福的大家庭。是飓风使我们走到一起的吗？我们为什么不能始终像这样生活呢？

卡尔顿捡起衬衫，回到我家，肌肉上汗津津的。我不知道他竟然这么健壮。

"她怎么样？"

"还是虚弱无力。你干活的时候，我给她喝了另一杯。她一直吐。"

"是，那是苦茶。"

"你觉得好使吗？"

"需要时间。有时候只有苦药才能治病。"他说，"把你的手机借我用用。"

我把手机递给卡尔顿，他走到一边去了。他看了看大街上，手指向榕树。他好像在给谁指引方向。

"护理人员马上就到了。"他说，随手把手机递给我。

"你是怎样做到的？"

"他们是我的朋友。他们欠我的。"

卡尔顿帮我给妈妈喂药，一点一点地，她恢复了意识。他用那双大手扶着妈妈的脑袋让妈妈饮那碗苦茶。

"温斯顿，你还好吧？"

"是的，妈妈。快喝茶吧。"

"卡尔顿也好吧？"

"我在这儿。"

甚至在半意识状态，她也对卡尔顿强作笑脸，继续饮茶，最后，护理人员终于来了。卡尔顿帮着把母亲抬进救护车。当我爬进担架旁的座位上时，卡尔顿转过身来。

"人们在紧张状态下许愿做这做那，"他说，"我想你妈妈没听到你说的话，我也不会强迫你遵守诺言。"

我不会允许卡尔顿当面这样说我，因为我还是不喜欢他。但是，如果我想要成为母亲希望我成为的那种人，我一定会遵守诺言的。他是对的。就像我母亲常说的，"当你对的时候，你就是对的。"

（陈永国　译）

不得罪人的人

一

科瓦米·达维斯　著

科瓦米 · 达维斯 (KWAME DAWES)

牙买加诗人，生于戛纳，曾获过多种奖项。出版诗集21部（最新诗集《妖魔征服者：新诗选》[*Duppy Conqueror:New and Selected Poems*，2013]），以及多部虚构和非虚构作品、批评文集和戏剧。他任《草原篷车》（*Prairie Schooner*）的编辑和内布拉斯加大学的英文校长教授（Chancellor's Professor of English），讲授太平洋美术写作计划课程。

罪行很简单：血腥的谋杀。

不过，那人本身是无害的。

他总是严谨、整洁、健谈。一位伟大的演说家——是他引以为傲的头衔。他身置名望的浪尖上，但那名望总是能在待他友善的人身上找到根源，那些人抱着牟取私利的念头才替他铺平道路。当人们说他们熟知他，说他的美名在外的时候，他常常怀疑自己的名望有着一个简单的解释——关系网络。

能让他找到本真自我的地方，只有在新金斯顿的幢幢阴影中，或者在城市更深处的幽暗角落里——那里他能感知到男孩子们的渴望，他们自发的欣欣然，只有此时，他才从舌尖洗去那精致儒雅的牛津口音。他在去英国之前就娴熟地掌握了那高贵的腔调，它音调修狭、轻快、精细，好像在用手腕上钢铁般的筋骨将话题之球迅捷漂亮地击飞，髋部一击，直抛向边界线。那无声的残忍，正是他无情精力的唯一表象，他生存的语言。

他从不冒犯任何人。他是无害之人。他的无害使得窃窃私语的人因他们的粗鄙无知而蒙羞，因责难他——一个生活中的雅士、活跃分子、圈子里的开心果——而蒙羞。他善解人意，善于让人们感到他们正立足门前，渴盼被邀入内。他希望城市永远不要改变。他从不欢迎闹市里那些交错纵横的街道，年少时，它们曾是连通一场场家庭派对的小路。他徜徉其间，伴随着爵士乐和伦巴舞曲的节奏打着响指，呶饮着不掺水的朗姆酒，冲着板球场上结识的熟人点头致意。就连街头的流浪汉们都认识他——棕色人种，不疾不徐的脚步，一流击球手，行为有范，言谈幽默。他从不想要城市改变，从他所熟知的世界运作法则变为其他什么他不熟悉的东西；在他的世界里，棕色的皮肤是通行证，帮助人们幸免于吞噬他们生命中的各种苦难。他不想要城市改变，他想像原本那样，只要站在角落里静静等待，只需什么人一个示意的眼神，就可以一起找个僻静的角落来一发野合。他想像原本那样，办完事后踏着沉重羞愧的脚步走回山冈，退回郊外的阴影中。他会在树丛之间、田野之上入睡，衣服上还沾染着他即将离弃的城市的气息。

他不想要城市将他变成一个祸害，因为不论如何，他都是一个无害之人。然而他还是开了罪。他的工作奉行将一切价值判断仪式化。教师是一大障碍，是学生和成功之间高耸的一堵隔墙。他们懂得将知识之墙筑得极高，使得能够攀越它的人寥寥无几。看到玩弄花招、心存怠慢、蓄意欺诈的失败者结结实实地跌倒在墙脚，他们心中便会升起一阵幸灾乐祸的欣慰——这就是为师者存在的意义，是他们心之所向的口碑。所谓势利、排他、精英主义，他正臻于此术。

每一年他都会将这一活动仪式化，成为那个概念含糊不清的所谓"优秀"的仲裁者。他越是擅长于此，没达到指定成绩的那些人就越是惊慌失措。他的工作就是永不解释失败，而只是宣告失败的裁决结果，仿佛一个背地里怀抱着成功秘密的布道者那般富有权威。国家级学者是这座岛屿上智慧的巅峰，而他就是这种学者的造就者。他做出了决定，他保护了这个决定的神秘性。每次点名的时候，他都会挑衅。评判价值的人也是曾经赢得过价值的人。他们是个紧密的团体，一个封闭排外的团体，而他热爱这种闲人勿近的气氛。他会择取某个乡下的黑人，这能让棕色和白色的人们都困惑不已，只觉得连他们也将被剥夺了财富买不来的绿色通道。

我们知道他是谁，也耳熟于他的名字。我们不知道他的心爱之人，抑或他爱的规矩，但，我们知道他的所作所为。他每年都回到在英国读过的大学，回到杨树林、片片葱郁和阴冷洪水浸泡过的泥土的气味之中，回到他曾经学会了在寒意中打板球的地方，为了他喜爱的毛衣、背心、帽子和围巾们。那些布料，那些衣服压层，他喜爱那些棉花一样洁白的颜色，那些浆过的、缝合齐整的亚麻斜纹，那些厚实的羊毛袜子。他喜爱脱下上衣时羊毛擦过脑袋的感觉，还有扑面而来、刺痛得令人发颤的冷空气溜进扣子缝隙中又渗入皮肤的感觉。他喜爱脱掉衣服之后拿过球，发球、量跑、向着三柱门迈开坡度优美的步伐的感觉——他致命、他甜蜜、他风趣、他礼貌、他规矩，在这个地方，他就是到了家，尽管他知道，他们只把他看作一只会模仿人类的黑脸猴子。

他知道自己可以努力争取，赢得他们的尊重，满足他们心中的某种欲望，他们这个年纪特有的、因反叛而生的不绝需求。因为在这个年龄，他们还没有在家族的律师事务所就职，或者在英国广播公司，或者在工厂和银行里工作；他们还没有承担责任，还没有开始为这里男男女女禁欲冷漠的英式傲慢和威严调节气氛。在那个过渡期的短短几年里，他们可以听爵士乐，可以随心所欲去结交可爱而有异国情调的、机智诙谐的、才华横溢的，甚至危险的人——像他一样的人，明显沉浸于鲜明爱恨、崇拜与憎恶之中的人，既可以喝酒又可以打板球，还可以盛装打扮的人。

每一年，他都会回到那寸土地上去，以再次净化他的口音。他从来没有失掉它。大学生们重回承载着他们耻辱和辉煌的圣祠——这是他们与学校之间的约定。在牙买加，他是大学生、他是监护人、他是正道的卫士、他是信仰的守护者、他是看门人，还是个伟大的看门人。他常常讥弄他自己和他的大学同学们，一边特意用上大学里最具有大学气质的口音。随着年龄渐长，他意识到，在这口音里有意无意地掺入丝丝家乡腔调不仅会为他平添一份异域气质，还是一个最了不起的达成目的的迹象——好像大学只是个可以随手抛掷、无伤大雅的乐子——就像水，既多见到无足轻重，又必需到弥足珍贵。

　　正是在大学里，他懂得了不去得罪他人，而不因别人的冒犯而动怒正是秘诀。他是个好人，一表人才，优秀得出奇。谁知道夏天的那两个月里，他在母校参加了什么样的同学聚会呢？它充斥着草莓、奶油和一个规矩班级的老套教条，阴冷潮湿的礼堂，还有灰尘漫布的图书馆。没人会因着想象他和他的一位旧情人慢慢变老的样子而受到责备。也许她是他学生时代相识的某个印度人，或者是个南非白人。她会跟随他的秘密罪行回到开普敦，结婚并且养育子女，离了婚又再婚，最后在权益为轴的形式婚姻中度过余生。他会为了那些个夏天而活，那些日子里，他可以见到他的伙伴——一位优秀得出奇的化学家，后者会就着种族隔离的问题，还有白人种种堕落的行径谴责他，一边在那个他们常常碰面的小屋里干上几个回合，然后喝白兰地喝到醉意醺醺，喝到暖和了身子且柔和了性情，然后他们会谈笑风生，除了美好的过去以外别的只字不提。

　　谁知道他在那些旅程中发现了什么呢？不过，只是抱有这个想法就令人惬意至极：在那两个月，或者三个月里，他能够远离金斯顿的暴力和污秽，假装自己是个有钱的法国人或者意大利人，和他日益发福的南非情人做爱，而他自己年复一年地保持着瘦削和优雅——而这一点，也同样具有致命的吸引力，因为南非人年轻的时候肌肉结实、英气俊挺，是每个人都想上的男人；而他呢，是聪敏精明、伶牙俐齿的那个。他曾经憎恶他的俊美，而如今他热爱他的肥胖，他的长久的、疯狂的肥胖，他的丑陋，他的美味，他的招人怜悯的丑陋。曾经的他如同一只幼兽，身体任由他的南非情人摆布，如今的这些岁月里，他剥夺了那个侵略者、欺压者的角色，他成为了那个耀武扬威地站在情人松垂腰臀后面，激猛而欢快地干着他的人——他从不忘记任何一个微小的侮辱，哪怕是来自原本爱他的人的无意侮辱。

消息传了出来，一开始只是校园捕风捉影的流言，接着它报到了广播里，又登到了报纸上。没人想说这事关冒犯、事关爱、事关城市的暗影，事关贫穷的和不那么贫穷的人，事关我们如何论断大千世界，以及我们在所构筑的高墙被打破后的手无寸铁的脆弱。听到他死亡的消息的时候，总督正在偏僻的乡下，声称自己不便联络。他的妻子有话要说，她说她喜欢听他在大学的讲话。他就是真理之声。他是大学的权威之声。这是她能够说的全部，她说，"他是一位如此高贵的人。每次到大学去听他讲话都是一种享受。我很遗憾。"最终，他还是真理之声。副校长想要像总督那样远远躲到滨海萨凡纳去，可他就在办公室里，那具布满无法开口说话的伤痕的尸体被发现的时候，距离他的所在之处只有几英里。"过一两天再说吧，等我拿到完整详细的报告之后。"

事件的详细报告。事件的详细报告。昨夜，警务信息处发表了以下声明。面对血淋淋的犯罪现场和他那些僵硬着裂口的创伤，他们捂起脸，朝着它们唾骂。

往往由助手来发现尸体，或者有园丁来揭开真相，因为在牙买加谋杀多是发生在夜晚，再之后，世界会在一汪安静的碌碌之中醒来，日头高照着城市，有学校的孩子们、正在工作的办公室的白领和工厂里的工人。尸体们浮出水面时饭正煮到一半，马虎随意、仪表不堪、毫无羞耻，赤裸裸地摆开在那里，仿佛在等待一位情人回顾。五十八岁的温斯·L.利文斯顿博士拥有化学博士学位，并且是大学里化学系的高级讲师，那天早上他的尸身被发现在校园的个人公寓里，身负数处刀伤。发现他的是家务临时工，差不多在上午十点左右，那是她上班的时间。

她感到焦躁不满，因为现在他不在了，死了，于是她失业了，如今只能去寻找新的工作。因为在清理完这一团糟之后，在警察允许她清理现场之后，在这地方干净了之后，在她拿了想要拿的东西之后：他有些很漂亮的锅碗瓢盆，有结实好看的行李箱——毕竟他是个喜爱旅行的人——有质量上乘的衣服，丝绸做的精美衬衫和一整套制服。她喜欢那些制服，她盘算着有些送给儿子格雷戈里穿正合适，另一些可以卖掉。这之前她还清空了冰箱里的肉，装满一包昨天刚买的新鲜的阿开木果和卡拉萝，有珍稀的二十磅大米，还有黄油。他一向厌恶人造奶油，即便他喜欢和人说他开着一辆象征着革命团结的鲜红色拉达，人造奶油是他绝对无法忍受的，食物必须要在黄油里烹饪，用安佳牌黄油，因此他总是备着不少的安佳黄油。她暗自说，据她所知，除了几个学生，也许还有一个教授朋友，没有任何人会到他的公寓去拜访，因为这个人并没有家人。尽管他偶尔会在公寓里举办派对，让她不得不在晚上工作，以确保大家都有足够的食物和饮料。会有各路棕色人种的朋友来狂欢，一杯接一杯地畅饮，之后这地方就会被熏出朗姆酒、杜松子酒、伏特加和红斑纹啤酒的甜味。这些人饮酒从不乏谨慎，即便是醉了也会保持良好的礼节仪态，只是笑声大些罢了。偶尔他们会跳舞，他们说音乐是他拥有最佳派对的原因——音乐，这个男人有如此之多的碟片，年代久远的爵士乐碟片，她了解它们，因为她母亲原来会说起自己的年代时人们有多么热爱它们，说起唐·杜鲁蒙是个不为人知的爵士乐派的音乐家，说起斯卡流行乐只是他的一项专长，但骨子里他还是个爵士乐手，她说人们会跟着爵士乐跳舞，而不是DJ，或者拉斯特那些阴阳怪调的鬼音乐，说起来就连那时候的拉斯特都热爱爵士，而瑞格舞都是那些捣蛋鬼毛头小子起的头。她告诉他们，告诉那些警察，那个男人总是对她和颜悦色的，从不高声说话，他甚至喜欢和你闲聊，比如，他知道方言，就会时不时像个乡村妇女那样子讲，那很有趣，因为没有人可以像他一样，一句接一句，说得那么动听。

是的，他没有得罪谁。他从不得罪任何人。他没有得罪她。她说她知道，有时候她进屋会看到某些个来自哈格里公园路的男孩，或者来自沃特豪斯的另一群。那个总是会回来的、喜爱黄番薯和玉米面饺子的棕色皮肤男孩——他是个甜甜的可爱的家伙，不怎么爱说话，但是会微笑，被激怒了则总能找到办法让老人家结结巴巴地一次次好言相求。他是从迈克斯菲尔德大道来的，看上去表现得像个甜美的男孩，有时候甚至像个女孩，却有一种容不得人侵犯的刚毅。你知道他是那种从来不忘事的人，哪怕是过了多少年多少月，他也会一直铭记在心，等待机会来临将复仇全盘端上，淋上与事情刚发生时同等浓厚的狂热和义愤。她能看清这样的他。漂亮，漂亮又礼貌。偶尔一些早上她会在这地方发现他们，有时候教授去上班了，他们便会很快起床，喝点茶——这是她从来不介意的——然后他们会离开，一边走一边叽叽喳喳地说话。这样，人们都知道发生了什么事情。

尽管没有任何非法闯入的迹象，床上和卧室里却有扭打的痕迹。利文斯顿博士独自居住，调查表明，他的公寓总会有男性访客时不时在夜晚光顾，传来挣扎的声音，没有什么不同寻常的。看门人是这么说的。不过他总会告诉她。他总对她说，只有上帝才能审判各人所为，而那些人喜欢粗暴的性交，对这一点他是心知肚明的。他们喜欢玩粗暴的，喜欢一边做一边拌嘴，把声音搞得很大，说话吵吵闹闹。挣扎这事说来有趣，警官询问守门人——当时她全程看着——他问她，是不是发生的事并不正常，只是人们习以为常了呢，看门人说，啥叫正常？警官说，好吧，你觉得发生什么事了？你没听见任何动静？看门人又说，当然有动静了，能怎么想呢，当一个男人和一个女人在一起的时候就是需要挣扎着获得愉悦感，就是这样的，女人会说不要，因为她不会让事情发生得那么容易，那会让她显得太浪荡，男人就得死缠烂打，坚定不移，这样女人就有了体面的淑女形象，她会说她尝试着去抗拒了，如果只有男性，这世界就乱了套，没有人能告诉他什么时候打住，告诉他什么是得体的，什么又是浪漫的，如此等等，因此挣扎总会有，大概他听到的就是这类挣扎，因为他想过了，如果是两个男人在一起，谁来说"不"呢？所以他们那应该叫作贪欲，所以弄出的动静才会是那样子的，如果你管那叫作挣扎也没什么不可以，不过它是一种不同的挣扎，又是同类的挣扎，就这样。

于是，他们在报纸上登了消息说：有时候人们听到公寓里传来挣扎的声音，各路男人进进出出，这是真的，不过谁都知道，在夜里特定的时候，每个卧室都会有那种动静，要么就是寂静一片。不是神学家也能明白，那一切都是合法的，但不一定都是有利的，不是一切都该是冒犯人的，或者用老一套的说法——不是什么事都可以就饭吃的（意思是有些事情不能大大方方地谈论）。

没人把这事告诉《拾穗者》那些人。可话又说回来，那些日子里《拾穗者》的人都已经精通了散布流言蜚语之道，而最好的目标就是社会主义者们，还有大学教授们，以及开着造型落伍的拉达车的人——既然 80 年代已经转瞬过去。"以警务处副处长山姆·麦凯为首的高级警探们代表刑事情报局总部展开了初步调查，他们怀疑这是谋杀，不过可以从动机中排除掉劫财的可能。他的红色拉达汽车失踪了。"读到这里，她的心紧抽了一下，不禁为他感到难过，因为她知道他爱那辆车，然而他也是恨它的，毕竟那车是他跟上一届政府打通关系弄来的，人人都知道他，他是上过牙买加大学的人中的一个，跟上一任首相和一大堆政治家在一起，大选之后，他说他应该把俄罗斯汽车扔掉，因为它已经是废铜烂铁了，可是他喜欢它，她知道他喜欢，知道他在帕平有人可以为它找零件修好里面的任何一个地方，他过去曾和她说他会把它留给她，因为它是欧洲产的，那很特别，像是你会在意大利见到的车，是很有型的，欧洲出品的东西总是比较有型的，而美洲的就不是这样。

于是当他们说那不是劫财杀人，同时又说拉达车不见了，没人找得到它，她就觉得好笑至极，因为这么说太蠢了，尽管的确有人会为了别的什么杀害他，因为那种杀人方式里透着股愤怒，一股邪恶，一股仇恨，好像他们就想让人发现他那样的死状，开膛破肚，血肉模糊；当然他们也是盗贼，因为他们确实抢了他的东西，偷了他的车，这是事实。

现在她得开始新一天的工作了，人们根本不知道坚持工作一天下来有多累，她愿意做与雇主同住的工作，但她不能再把她的孩子们放在母亲那儿了，那里有太多的糖（容易让人患上糖尿病），而她母亲又向来脑袋糊涂，东西到处乱放，还没闲工夫照顾孩子，这也是她喜欢这工作的原因。她喜欢从修道院走上小山坡，穿过清晨树荫凉爽的大学校园，到对面的公寓楼去，在那里她会例行日常工作。而那男人从不欠付工资，他还会帮她付车钱，并且从不冒犯人，她相信，如果一个男人能在牙买加这样生活，在路边找男孩子带到自己家里，如果他的钱财撑不起他的名声，如果名声是他的所有，是他的全部，如果他会孤注一掷，那就一定有什么东西比他的自我更加强大——那种感觉，他体内的那种饥渴，而她不能因此责备他，她只能说她会为他祈祷，只要他尽力做到体面，保持低调——就像他一直以来做的那样——那么谁能评判他呢？我们是谁，竟有权评判他呢？

她把这一切都讲给警察们听了，可是他们并没有将它们囊括在报告里。他们倒是报出了足够多的东西，足以让人们沉默着转过脸去，并说，参考我们那个年代做事的风格，这人落得一死是有原因可循的，现在，我们能从可能害死他的原因的清单上划掉这一项了，至少我们不会像那个人一样，在夜里和各路男子厮混纠缠，大家都清楚，比起搜找那个人，警察们有更要紧的事要做。毕竟在那同一个晚上，二十三岁的史蒂夫·肖在蒙特哥贝的北沟区被警察击毙。那是一场枪战。肖和他的朋友先发制人向警察开火了。他的朋友逃掉了。那是夜里十一点五十分。同一天晚上在戴文街金斯顿十号（这意味着事发地点是镇上很漂亮的一处区域），有两个人被警察找上搭了个话，然后那两人就开了枪。当然，其中一个逃了，另一个被警察开枪击毙。他没有当场死亡，他是在抵达医院时断气的。他们没在他身上搜到枪支，而是找到了一根撬杠、一把砍刀和一捆钥匙。那是在夜里九点半。警察到戴文街去是因为有人报警说那里有人交火。第二天凌晨大概四点半左右，一个三十三岁的牙买加公共服务管理员拜伦·拉塞尔和他的一位朋友守夜回来，被两个持枪的蒙面人劫持。持枪的人当场射杀了拉塞尔先生，带着钱财跑了。那位不便吐露姓名的朋友得以毫发无伤地逃脱。问题是枪击发生的时间，那正好是在拉塞尔先生将朋友送到他位于沃特福德的切普斯多路的家时发生的。他竟然在守夜归来之后被杀了，大家都说这很蹊跷。我们都喜欢说这种话。利维·本内特在同一个晚上死去的事，反倒没人觉得奇怪。他有个外号叫"布罗"，是个住在西班牙居民区汤普森区的修理工人。本内特和一群人正站在汤普森区某条小巷的入口，有人从背后上来朝他们开了枪。本内特从身后被击中，当场死亡。其他人逃走了。警察找到了一些纯度很高的大麻，于是展开了逮捕行动。山姆·凯利和拉尔斯顿·理查兹因为大麻蹲了监狱。这些死了的人在报纸的几句铅字和警局笔录里夺得了短暂的名气。

　　他们的故事和利文斯顿的没什么区别。他们死了。没人知道是谁杀了他们。所有人都知道谁杀了他们。总督说他对此不予置评，他说，也许要等回到特里洛尼之后再论说一二；他妻子则说那男人有着一副美妙的嗓音，他们喜欢听他的声音；而副校长说他知道的肯定不止这些，有谁会更震惊呢？还有那些要面对他的裁决的医科学生，那些在他的课上屡屡不及格的、因为他的缘故无法从事医药事业的学生，他们中间有人说他不喜欢女人，但是愿意通过谈话帮助男性学生，而他们都知道"谈话"意味着什么，这就是成为他们一时风中流言的全部。

　　他们在宏光四溢的、神圣校园小教堂里歌颂那位小板球队员。那小教堂看上去正适合歌颂一位风华高雅的男人，这时人们有史以来第一次发觉，那崇高的魅力和威严不是来自他倾力演奏着管风琴的手指和双脚。有一处细节从未在报告中提到：这个男人是一位了不起的音乐家，当他在礼拜日早上将小教堂化作一艘圣光之船时，他的生机和活力也就此展现出了极致。报告中从未提到这件小事，那就是他是一位无害之人，一位不冒犯人的人，如果这世界留他独自一人的话。

（沈新月　译）

秦氏商产

一

维克多 · 张 著

维克多 · 张 (VICTOR CHANG)

在牙买加莫纳市西印度群岛大学英语文学系任教达30年之久，现已退休。任高级讲师之后，曾任系主任和副院长，并任《西印度群岛文学杂志》(*Journal of West Indian Literature*)主编和杂志《路径》(*Pathways*)创刊主编。曾发表多篇论述西印度群岛文学和中买关系方面的文章。退休后开始短篇小说创作。

我记得秦先生到我们镇上的那个九月，也永远忘不了他的离去。

他租下的店铺的残迹在广场的一侧，店铺对面的火车站已经关掉了，虽然楼房依旧杵在原地，白色的油漆层层剥落，鸟儿从破碎的窗间飞进飞出，却终归不再有火车从镇上穿行而过。

自从那场大火、林家搬走之后，店铺的外形一直维持着原本的样子。我们听过各种各样的传闻，比如林先生是为了得到楼房的保险金故意纵火，比如他被抓到又被起诉了。明显这和某个女人有关，不过这些都是小道消息。爸爸和妈妈聊天的时候，我能捕捉到只言片语，可他们一旦意识到我能听到就陷入了沉默。我们唯一确切知晓的，就是林家从镇上消失了，杳无音信。广场的样子依然如初。

　　两年来，废弃的店铺无人问津，我们得坐公交车到邻镇去取补给品；这很麻烦，因为那里的人不认识我们，不允许我们赊账。林家向来是肯让我们赊账的，他们熟悉我们，我们住的地方和店铺只隔六栋房子。每当我们去店里买东西，林先生都会在一张棕色的纸条上用中文潦潦记下，钉在一个底座有块木头的电线装置上。到了周六，他会把所有纸片上写的加起来，记一个总数在小本子里，里面标记着付过账的东西，直到下个礼拜我们再去取什么。

　　对我来说，整件事都怪怪的，毕竟我读不懂那些纸片上写的文字。林先生会上下拨弹着算盘上的小木珠子，得出一个总数来，一旁的我则琢磨着他是如何计算的。因着他放心把商品赊卖给我们，我们也对他的记录方式报以信赖。我偶尔会被打发去跑商店，比如说，当妈妈什么都用没了的时候，我就跑去问："林先生，妈妈问您可不可以赊给她一磅面粉。"

一天，两辆卡车满载着建材停在广场上，四个人卸下货物，把它们全部堆放在横装于店铺前面那个崭新的镀锌栅栏后面。人们匆忙来去，一片嘈杂，我对将要发生的事情感到兴奋——这意味着我不必非得去临镇运回必需品了。不到两个礼拜，店铺的残余物被彻底清走，新的蓝色大楼拔地而起，写有"秦氏百货及缝纫用品店"的标牌已在门口摆置妥当。

　　第二周，又有几辆载着货物和食品的车穿过亮晃晃的蓝门驶进商店。接着，秦先生来了。他是个精瘦而结实的男人，留着一小撮胡子，架着眼镜。他的面孔讨人喜欢，和煦闲适随意，说话的时候不住地点头。他个头很小，却总是举止大方充满自信。到了周一，商店终于开张的时候，他动作麻利地四处查看。出于对新店主模样和言行的好奇，包括妈妈在内的许多人都蜂拥而至。曾经在林先生店铺一角卖根茎蔬菜的戈尔迪小姐也来了，盘算着是否能在新店重操旧业。

　　秦先生的英语磕磕巴巴的，不过对于店里的所有商品和价格，他都了然于心，为大家取来所需的物品时从不迟疑，找算零钱也从来不会出差错。有时候，当被索要他没有的商品时，他会坚定地说句"没有"。不过，我不知道这是不是他对于一切不确定事情的套路回答。我注意到他把所有的"m"音都发成"l"音，所以他会说"雷（没）有糖"、"雷（没）有李（米）"，除此之外，他的话还算能听得懂。我还想知道他来我们镇上之前都去过哪里，竟然掌握这么多关于商店的知识。起初柜台后面只有他一个人，所以买货付账的进程很慢，不过这麻烦月底就可以解决了：他雇了贝尔——一个当地的女人——做他的助手。

女人们都想知道贝尔是怎么得到这份工作的，既然秦先生从没四处向人打听过，而高大笨重、丰乳肥臀的她又是出了名的懒散和怠惰。她差不多有两个秦先生的块头，女顾客们都顾自笑着，彼此交换着心照不宣的眼神——既然没出现过一位"秦夫人"，你永远不知道会有什么事情发生。我觉得贝尔小姐没什么不好的，她见到我总会把我紧拥在宽硕的胸前，给我一个大大的拥抱，还会让我拿走一枚吊坠。

随着时间的流逝，似乎不会有位"秦夫人"前来和秦先生一起生活了。妈妈曾经说过"他总会需要个女人"。不过没人敢问起。贝尔坚持宣称自己是个守规矩的基督徒，什么都不会发生，只是我们都知道，到了晚上她不会再离开商店、上山回自己家去了。人们开始留意她是不是怀孕了，可毫无迹象，于是他们不再讨论这个问题。然而，当人们问到秤的精准度，他们拿到的面粉和糖是否足秤，或者腌鱼为什么这么潮时，她变得越发地专横跋扈。

不久，妈妈决定去找秦先生，告诉他我们曾经可以在店里赊账的事，她是带上我去的。秦先生眨了眨眼睛，严肃地看着她，似乎没搞懂她的意思，微笑着起身就要送客。我母亲为了让秦先生明白她的请求，便把贝尔拉来帮忙。我看不出这有什么区别，因为贝尔并不比我母亲懂多少汉语，不过秦先生终于说道："哦，来，来吧。"

事情就这样成了。也许，我想，他联系过林家，要么就是在邻镇的华营杂货店了解过情况。

打那之后，他开始像林家一样开店到晚上十点，并给顾客提供赊账服务了。即使是在周日，他也会留一扇窗子开着，随时恭候顾客光临。更棒的是，他会从一整块面包上切下小片售卖（林先生从来没这样做过），还肯卖区区两盎司的黄油、奶酪，以及半及耳[1]的食用油。

更棒的是，他允许戈尔迪小姐在商店的一角摆摊，好卖卡拉萝、面包果、红薯、可可、番茄和韭葱，还有辣椒和百里香。到了晚上，她可以把没卖出的食品留到第二天，她还可以用店里的秤来称她的货。

秦先生在店里椽子上挂着的蒂莉灯散发出明亮的光，直流溢到露天广场上，人们被准许在周六晚上架起桌子和那四张快要散架的椅子。他们在呐喊声、刺耳的大笑声和摔牌声中玩着许多闹腾的多米诺游戏。贝尔小姐一

1　及耳：计量单位。——译者注

瓶瓶的红斑纹啤酒让一切更加热火朝天。哪怕是下班回来的爸爸也会加入这些游戏,有好几个晚上,妈妈都打发我去喊他回家,这让他颇为烦恼。

游戏常客中的一个,最吵的那个,是当地的警察,卢尔–萨穆尔斯警官。他是个大块头,粗壮结实,有几分霸气;因着大肚子的缘故,他的条纹制服紧紧地箍在身上。没人把他当回事,因为他是个蓝衣警察,而不是红衣的,这意味着他不够资格成为一个优秀的"红衣服",也就是"真正"意义上的警察。他踩着那过大的靴子昂首阔步,腰带间当啷着一副手铐,动不动就挥舞起他的警棍。这人不大乐意加入游戏,因为他生性刻薄吝啬,还不愿意分担啤酒钱。不过人们觉得不好向他说什么,毕竟他是社区的执法人。

这个月的最后一个周六,多米诺玩家不得不把广场让出来,给一伙由一个男人带领的复兴派妇女。据说他们是波可,这词来源于西班牙语"波可狂",意思是"少许的疯狂"。我们当然明白其中所指:因为在那灯光下,她们开始只是轻声唱起来，接着，她们的动作也随着音乐的节奏加快。没过多久，她们就开始旋转、绕圈、摇摆，仿佛被鬼附身一般，同时不停地晃着她们的铃鼓。她们总是引来大批的围观群众。

萨穆尔斯警官似乎很中意店里的贝尔小姐，不仅仅是因为她会趁秦先生不注意塞给他一两瓶红斑纹啤酒。理所当然地，他会在游戏间的空当和她攀谈，谁都能听到她尖嗓门的大笑。我们听到她说："哦布（不），奏凯（走开）啦，你不是认真的吧！"她会忽闪着眼睫毛，转转眼珠，而他继续在她耳边叽咕着，有意无意地贴近。我曾想过他们是否会走到一起，毕竟两个人胖得如此般配。

有时在十二月，我父亲会病得很重，重到无法工作，妈妈就会去秦先生那里找点洗衣服的活干。我们住得离商店那么近，这对她来说也不是很困难，再说每周只有一次。秦先生同意她在周末过来，还可以带着我。于是，我有机会看到那个庭院，还有店铺柜台后面的世界。

对我而言，那是个奇异的世界，充满我见所未见、闻所未闻的事物。秦先生厨房的架子上有装满鸡蛋和腌芥菜的大玻璃瓶，陈皮装在悬挂的网袋里，还有一包包的章鱼干和看着像干瘪的妖精似的羊肚菌。绳子上还挂着三包东西，原来是包在层层报纸里的三条风干的全鱼，闻起来臭臭的。

一开始，秦先生只会冲我点点头。一周过去了，中午他关上店门，下楼煮饭的时候，他常常会呼唤我。妈妈坐在淘洗盘边，对我并无留意，所以我会在厨房窗外待着，看秦先生做饭。我从没见过男人做饭，自从爸爸连沸水都会烧干以来——我母亲如是称——她再也不允许他进厨房了。

秦先生的锅和我见过的荷兰锅如此迥异：它很宽，形状像个椭圆的帽子，有两个把手。他用一把小一点的锅煮米饭，然后把所有的蔬菜堆在一起，切成小块，接着再用一把大而尖的剁刀把冻肉切成细细的条，用一些白朗姆酒，少许糖、盐，和所谓的"中国佬酱"一并腌好。

接着他会把油烧热，直到烟冒出来，扔进三瓣拍碎的大蒜，快速加上肉，接着是蔬菜，同时一直不停地搅拌着锅里的混合物。然后，他会加进一些切碎的韭葱和一点和了水的淀粉；淀粉液变得透明时，他就马上把东西都盛出来。我站在那儿看着，被与我在家中所熟知的截然不同的烹饪香味环抱其中。

一天，他将炒菜舀到一个小碗里，浇到一些米饭上，递给了我。它尝起来如此与众不同，又如此美好，虽然我觉得菜有点生，不像妈妈做的卷心菜或者卡拉萝那样足够软嫩，但我还是吃光了一大部分。我认出几块我坚决不会碰的妖精羊肚菌，便将它们剩下了。后来我每一次去，秦先生都给我一点食物，不过他会确保不再给我任何一点妖精羊肚菌了。

一天，我们回到家时，妈妈说："你得当心他给你的吃的——你知道他们辣么多人食狗肉的！"她的话印在我的脑海里，迫使我每次到庭院去都要确认一下那只瘦骨嶙峋的狗是不是还拴在那儿。那之后，我再没有在仔细查看前吃过一块肉……虽说这样的查看也许并无用处。

又有一次，我在后院的一片空地上看到秦先生，他的胳膊和腿正演绎出一连串复杂的动作，好像在做某种锻炼。他的动作很流畅，似乎带动了整个身体的运作，这其中还有一种特别的韵律，然而对于所看到的这些，我毫无头绪。当我问他的时候，他说这是某种中国太极，和我们所听说的"功夫"有着直接的联系。

离走廊远些的地方有两间卧室，在厨房和餐桌那一边，可我从来没见过里面的样子。我猜其中一间是秦先生的，不过我不知道贝尔小姐的东西是否也在里头。门总是关着，窗户也挡在又厚又重的窗帘后面。

十二月末的一个周六下午，我在院子里给秦先生的菜床浇水，不远处，妈妈洗好的床单在微风中轻轻拍动着。忽然间，我听到花园的门吱呀一响：贝尔小姐溜了进来，牵着萨穆尔斯警官的手咯咯笑着。很明显他们没有看到我，不过我能清楚地听到他们说话。贝尔小姐说：

"天呐，甭担心他，我可在店里，他现在又不会下来！"说罢，她溜进了大概是主卧的那间。有阵阵沉闷不清的笑声和床响亮的嘎吱声传来，接着我看到秦先生走下了台阶。

我看不到他的脸，因为他背对着我，不过接下来我就看到萨穆尔斯警官一边把他推到一边，一边挣扎着把他的衬衫掖回裤子里；他后面跟着半裸的贝尔小姐，冲出大门消失了。

萨穆尔斯警官硬邦邦地喝道："怎么着吧，中国佬，怎么着？你不可能满足得了她，听见了吗？因为你太小了。你小你黄，一副香蕉样儿！"听到这些，秦先生朝着他汗津津的脸扇去刺痛的一巴掌，萨穆尔斯警官则以挥来的一枚大拳头回敬。警官看上去对自己的大块头十分自信：这样的壮硕给了他充分的优势，能轻而易举地将这个小黄人打成肉酱。中国佬毫无还手之力。

好吧——接着我就看到了秦先生一直在练的太极功夫的威力了。他轻松地避开了警官的拳头，冲着那胖子的身侧来了力气十足的一脚。这一脚把警官踢得泄了气，直接跪倒在地。接下来，秦先生又施展出一连串的飞踢，最后一踢正中警官的下巴，踢得他头向后猛然一甩；然后，秦先生对着警官的上腹和起伏不定的前胸将一整套踢术踢了出来，直到他口鼻流血。最后，秦先生又踢了几下警官的后背，把他推出大门外，啪的一声关上了门。

眼前的景象让我如此震惊，以至于我定定立在树后说不出话来；秦先生上楼去了，淡定如常地把贝尔小姐的物品统统扔出了大门，这时我趁机从大门边挤出去，跑回了家。

我尽力和妈妈讲清楚所发生的一切，可是她叫我住嘴："我不想听你说的——你不该掺和到大人的事里来，所以把嘴闭上！那个中国佬本来就该和自己人待在一起，他发生啥都是活该。"于是，我闭上嘴，横下心来再也不跟她讲话了。

接下来的两周没人见过萨穆尔斯警官，不过贝尔散出话去，说秦先生不禁揍了她，还狠狠地揍了警官，也许已经杀了他。显然没人信她的，反而对此言嗤之以鼻。"侬疯了！辣个小不点的中国佬能打得过虎背熊腰的警官？"

一月渐渐接近尾声，仍然没有萨穆尔斯警官的迹象，他们搜了他家却一无所获，一种直觉在人们心中渐长：也许贝尔一直以来说的都是实话。她的故事甚至变得更加具有奇幻色彩。她说，秦先生不仅杀了警官，还将他切成小碎块腌了起来，就在马鲛鱼和猪尾旁边的一个桶里。中国佬不会逍遥法外的。我是唯一一个相信腌人肉不可能成功伪装成咸猪肉的人。

她尖刻的控诉开始逐渐传播开来，三个曾经来玩多米诺牌的人跟店铺前的巡目爬进了柜台，开始翻倒那些装着腌肉的大塑料容器，笃定既然贝尔说的是实话，警官的脑袋一定会从某一个桶中滚出来。当然，他们什么也没有找到，我也知道他们找不到，因为我看到警官离开了这块地盘，虽然我不清楚他去了哪里。不久之后，其他人加入了他们，开始从架子上拿下各种东西——一罐罐牛肉罐头、奶酪、马鲛和沙丁鱼、一包包水饼干、一条条面包。有的女人挟走了好多袋面粉和玉米麦片，而男人们拿走了一瓶瓶啤酒和朗姆酒，还有香烟。

这一片聒噪声中，秦先生到哪去了？当混乱开始的时候，他迅速权衡了一下局势，从后门悄悄离开了。我之所以知道这个，是因为当我回家的时候，妈妈告诉我秦先生正躲在我的房间里，而我得保持沉默。我出门回到路上，看着火焰从商店所在之处升腾而起，舔舐着天空。成功掠夺了他们想要的一切，有人在店里点起了火，于是又一次，店铺被烈焰吞没，人群聚集起来，目睹着一切被烧成灰烬。没人问起秦先生在哪里。

第二天一大早，商店的遗骸还在闷烧着，秦先生的一位朋友顺路到我家来接走了他。他坐着车离开了，头也不回，一言不发。正像他之前的林家，那个早晨之后我们再没听到过他的消息。

接下来的一周，萨穆尔斯警官出现了，看上去窘迫腼腆。他去了隔壁街区他母亲那儿独自疗伤，养精蓄锐

　　　　　　　女王案：当代牙买加短篇小说集

直到完全愈合，还有，我想，试图淡忘被一个小个子黄皮肤店主痛打一顿的经历。看到被烧成灰烬的商店，他显得十分吃惊，要求了解起火的前因后果，又声称他得展开调查了——调查什么的当然不了了之，因为没人肯跟他说任何事情，连贝尔小姐都不肯。我是唯一一个知道实情的人，而除了妈妈，我谁都没告诉。

当妈妈问起我之前为什么只字未提的时候，我提醒她，正是她叫我"闭嘴、别掺和大人们的事情"的。话虽如此，我觉得反正没人会相信我的。他们会说我只是在编故事，因为那个中国佬曾经喂过我。

商店归回原本荒凉残破的样子，再没被使用过。直到今天，仍旧如此。

（沈新月　译）

父亲般的人

一

莎蓉·利奇 著

莎蓉·利奇（SHARON LEACH）

牙买加作家、散文家和记者。已发表两部小说：《你不能告诉他的》（*What You Can't Tell Him*，2006）和《来时爱，离时恨》（*Love It When You Come, Hate It When You Go*，2014），后者曾入围"全法文学奖"（The Grand Prix littéraire）和"圭亚那加勒比海文学奖"（The Guyana Prize for Caribbean Literature）。

帕尔默先生的办公室一片寂静。翠西用力拽开一扇装着百叶帘的玻璃窗——窗台上能模模糊糊地看到她娇小、哀伤的倒影。窗外的空气清新而洁净，闪电在空旷漆黑的天空中撕开锯齿状的裂痕，用谲怪的银色箭光点亮了夜晚。傍晚习习凉风渐起，早些时候下过雨，现在已经停了；然而，在前院那棵高大的老杏树上，令人忧心的雨滴仍然陷留在叶片之间，不时落下，在坑洼车道上的黢黑水滩里溅出几点微光。远处的某个音响为一场街舞播放着伴奏，重低音"嘣嘣"地响着，音乐选播人正滔滔不绝地致辞，他的演讲夹杂着浮夸的吹嘘，一串串粗俗的词语向她飘来。

几分钟后，她关上窗子，轻叹了一声，缓缓地转身离开。她决定下楼去，一面迅速扫一眼剧院，一面等待她的上司帕尔默先生回来，好载她一程，省得把那点儿可怜的钱花在路费上。

坐落在新金斯顿一条僻静小道上的众达演艺剧院是一栋小楼。尽管不久前修葺一新，却并没有像城周比较知名的剧院那样增加票房。虽然如此，它还是靠着一部部优质剧目的上映为自己争得了立足之地。翠西已经关了空调，目送最后一批演员和观众离开，锁上了门，拉上了存款袋的拉链，并将钱袋小心翼翼地藏在办公室那个隐秘的地方。这会儿的气氛阴森森的，四下空无一人，连一个能跟她做伴的保安都没有——帕尔默先生总是在开销上能减就减，尽管这大概只对下一任业主有点益处。

与往常一样，先生在戏剧开演之际就离开了。他和翠西说过的，自己对舞台剧兴趣索然。在她看来，这简直就像不喜欢书却开了家书店一样古怪。翠西自己热爱表演艺术，她在学校参演过好几部学生戏剧了，她打从心里觉得，舞台即将成为她未来的职业方向，外加她在商业方面萌生的兴趣，这种感觉愈发强烈了。《爱与罗望子女孩》是当地作品，由一个独立的大学生群体出演，目前正是上映的第二个月。除了因为宣传不力的缘故从没满过席外，其他一切勉强算是进展顺利。就招徕观众来说，翠西自知本应做得更好，虽不尽如人意，但至少从周四到周日的每个晚上都能排上一场剧。翠西的责任感比她的年龄要大，她是个能管好全部工作的可信赖的员工，帕尔默先生对此心中了然，于是晚上他便留下她一个人打理事务。

"像他那样又肥又懒的家伙都是些蠢货。"琴米曾经这样评价他。每每谈及她认为无聊的人或事，琴米的态度总会轻蔑起来。琴米是翠西小学时代的朋友，比她大差不多一岁，以知晓许多翠西不懂的事情为傲。在她看来，"愚蠢的老帕尔默"这类话题不值得耗费时间和精力，她宁可聊聊学校的那些帅小伙们，说说她愿意和哪个约会。然而，翠西并不认为帕尔默先生乏味无趣。也许他是有些肥胖，她想——对他产生的维护欲让她自己都吃了一惊——但绝不是无趣。他是那种会被母亲称为

"个性角色"的人。也许有一天，她会写一部有关他的小说呢，甚至是戏剧。

这会儿翠西在发抖了——虽然她并不觉得冷。她抱起双臂，看向墙上的时钟——现在显示是十一点一刻。虽然不知道帕尔默先生每天晚上都会消失到哪里去，不过看时间，他也早该回来了。他往常回来时差不多十点半或者十一点，而那时一晚的演出也将近收场。

她在过道里慢悠悠地来回走着，眼尖地在某个座位底下瞧见一只皱巴巴的大号乐事薯片袋子，看样子是清洁员的漏网之鱼。为什么人们总是这样，非要偷偷把吃的顺进来呢？他们应当知晓，剧院是禁止携带食物入内的，墙上的告示已经白纸黑字写得很清楚了。中场休息提供了足足十五分钟，观众可以出去到杂货店买零食饮料，这是规矩。为什么人们就不能好好地遵守规矩呢？

她弯下腰拾起那只薯片袋。要是帕尔默先生看见了，她的下场不会比掉脑袋好到哪儿去——她的工作的一部分内容就是确保不会有观众把食物顺进剧院。

她接着检查过道，学着电影里空姐们的样子，左右转动着脑袋。想到漂亮的女子，她的思绪就飘到了母亲身上。母亲此时此刻在做什么呢？她不禁想到。她下夜班了吗？从超市回家了吗？翠西相信她已经回家了，这一刻的她估计正倚在哪个男人的怀抱里呢。到了晚上，透过隔开她们房间的那堵薄墙，翠西总能听到她的动静，这也是为什么她丁点儿不介意在剧院上晚班：一来能多挣点儿钱，二来至少不用满耳朵都是隔壁母亲和她来历不明的男友们的哼哼唧唧。

　　她来到最后一排座位，转过身，缓慢从容地迈上台阶，朝帕尔默先生的办公室走去，决定在那里再等他一会儿。进了屋，她没费神去开灯，而是拉开窗帘，让街道上的路灯灯光照了进来。她的眼睛很快适应了昏暗的光线。外面又开始下雨了。她从柜子里拿出包，把那只薯片空袋塞进去，然后把包甩在桌上。房间很空，只有一张小型抛光橡木桌和上面的一枚中号滑石镇纸，一把削木椅子和几个文件柜，窗边还有一盆濒临枯萎的植物。

地上铺着的地毯已经磨烂起毛，看上去比翠西还要老。桌旁的一块地方沾上了某种油斑，看着怪恶心的。

她无所事事地拾起镇纸，用手指抚过轮廓边角。她环视着办公室四周，心里想着这里还能怎样装饰一番。这是她进过的第一间办公室，不过她在电视和书本中可见过不少。再怎么说，她想，也该配个沙发。如果有一天她有了自己的办公室，她要养满一缸有趣的鱼儿，或许再来一个小冰箱，那种迷你水吧台。仅仅止步于装点观众可见的部分有什么意义呢？有一回，翠西趁帕尔默先生离开后偷偷把琴米带了进来。两人在办公室到处转悠，打量着一屋子的无趣。那是两个月之前的事了，迈阿密那部很火的剧正在小镇上掀起一阵热潮，充实了这里的周末时光。桌子上铺满了泛黄的报纸，还有老旧而油腻腻的发动机零件。"邋遢鬼。"琴米嘲讽地啐道，她坐在桌沿上，小心翼翼地将身体的重心压在半边屁股上。

帕尔默先生确实是个邋遢鬼。琴米说得没错。他不仅块头巨大，外表还总是不加遮掩地脏乱——衣襟半边耷拉在裤腰外面——毫不体面是他的一个大问题。他的头发永远都像没梳理过，碎屑状的灰白胡子卷叠成团，里面勾缠着的食物残渣粒粒清晰可见。尽管如此，翠西还是对帕尔默先生抱有奇怪的保护欲，那感觉仿佛是要保护一位家人不受外人攻击似的。琴米并不真正了解先生，面对她对先生的抨击，翠西总会多多少少有点烦。一旦真正了解了他，你会发现帕尔默先生其实很酷的。他对待翠西相当体贴，给她发工资的时候，总会顺便捎带给母亲一点杂货。她常常想着帕尔默先生，哪怕不工作时也想。翠西考虑着要不要对琴米说起这些，但这么坦白，光是想象一下，她都会在脑海里听到闺蜜响亮而坚决的反对声。

翠西从小就被灌输知足常乐的理念。她对自己在剧院的工作心存感激，毕竟，帕尔默先生本可以把它交给别人的，也许是某个年龄大一点的人。翠西只有十五岁，一般人会认为她太年轻了，难以承担这样的责任，但帕尔默先生没有这样想，哪怕她只能在双休日为他工作。此外，他总是会检查她完成了作业没有，还坚持要她把课本带到工作岗位上。虽然多数情况下她带来的不是课本，而是她和琴米砸光零用钱从二手书店淘来的廉价色情小说。他这样关心她，翠西还是很感动的。

起初，翠西以为帕尔默先生别有企图。她在母亲做收银员的超市见过他。一天晚上放学后，他看到她在停车场树下的小凳子上坐着，便走上前搭话。"你看上去是个好姑娘，"他边说边向她微笑，"你是那个漂亮收银员的女儿吧？"他弯弯的手指越过她的肩膀，朝超市的方向指了指。翠西立刻会意。她年方三十五岁的母亲洛伊丝美丽动人，拥有柔滑的巧克力般的皮肤，长长的"华发"——这两点都是来自混血的天生优势；她是印度人和中国人的后代，还有伊朗尼加血统。此外，她还拥有可口可乐瓶子一样曼妙的曲线。不论在哪里工作，她都是最美的员工，也正因此才难以在一份工作上持之很久：其他女人会和她掐起架来——要么是另一个和老板有私情的女员工，要么是老板的妻子。不过殊途同归，事情总会以母亲被解雇告终。

"是……是啊。"翠西结结巴巴地回答，盯着他看，目光被他那巨大的肚子牢牢吸引：他那条油渍点点的深蓝格涤纶裤子绷不住双腿，肚子就要从裤腰上冒出来了。

他若有所思地打量了她一会儿，"有家新开的剧院归我管理，你看上去是个好姑娘，我正需要一个你这样的姑娘帮我干活，在售票处卖卖门票之类的。"

翠西还是不明所以地盯着他，一根手指插在书中正读到的地方。他笑了——那是胖男人们特有的笑，好似一阵从腹底发出的隆隆声，以被卡住的咳嗽似的声音结束。"我问你呢，姑娘，你想要一份工作吗？"

第二天，翠西将这场邂逅如数讲给琴伯莉[1]。这位愤世嫉俗的朋友只是撇了撇嘴："嗯哼，他打量你……那样的又肥又酸臭的老头子就想吃嫩草。"

然而翠西很快发现，帕尔默先生的动机是单纯的。

1　琴伯莉（Kimberly），即琴米（Kimmy）的全名。——译者注

她曾经的怀疑令她满心羞愧。那时她默默地决定，要是他俩争吵起来，她一定不惜一切跟他死磕到底——对此她感到了同样的羞愧。她告诉自己她乐意把自己的童贞献给他，虽然这与她所明白的是非原则背道而驰。

翠西年轻，却不幼稚。她知道世界怎么运转——性永远是一切事物的中枢。看着她母亲为了稳定的未来像花蝴蝶一样四处拈花惹草，翠西从中学到了足够多的东西。翠西也自知她遗传了母亲的姣好容貌：她有着同样小巧的菱形脸庞，皮肤也是可可茶的颜色；她的头发没有洛伊丝的那么长，不过长度也算美观，而且，到明年十六岁时，她就可以获准把头发放下来了，那时它就能——差不多能——垂到肩头了。翠西长得像母亲，而不像父亲，母亲那边的亲戚总是逮到机会就提醒她，她这样的孩子生来霉运。然而翠西并不这样看，她目睹了男人们如何喜欢她母亲，母亲又是怎样利用美貌脱颖而出的。翠西感到，当时机成熟，她自己也会同样地成功的。翠西对自己说，考验一旦来临，万一形势凄惨，她可能会摊上糟糕得多的人。而帕尔默先生呢？至少她感觉得到他是会好好对待自己的。

不过，帕尔默先生对翠西的态度仅仅是略显生硬的父亲般的慈爱，好像她是自己的亲闺女。就她所知，帕尔默先生和他妻子没有孩子。这就解释了为什么当翠西的聪颖帮她在圣塞西莉亚高中——岛上最好的语法学校之一——赢得了学费全免的一席时，他看上去几乎是由衷地自豪。他抓住每一个机会鼓励她，叮嘱她不要荒废上天赐予的良机。

她在帕尔默先生的桌边落座，倾听着雨滴打在屋顶上的声音。要是先生的车从主路上转进停车场，在这里她是能够听到的。可是，她只能听到双休日渐入尾声的寂静。她把镇纸放回桌上，心中空荡得古怪。

这会儿乘小巴士回家肯定来不及了。翠西和母亲住在西金斯顿贫民区边缘的一所寒碜的小公寓里。晚上这个时候，那附近没有公车来往。翠西知道母亲会因为她晚回家而不高兴，毕竟她第二天还要上学去。她就从没有想到过咬咬牙离开她正取悦着的男人，前来接自己的女儿，翠西苦涩地想。然而公正地说，翠西打心眼里知道母亲很爱她。那次，洛伊丝一位同事的十二岁女儿在英国被捕了，罪名是偷运毒品。之后母亲坦白地告诉她自己对她很放心，因为翠西是个"乖乖女"。翠西猜想，洛伊丝的母爱，正表现在她对独生女的忧虑、她的唠唠叨叨，以及她过分的保护欲上。她担心翠西会步自己的后尘，被翠西父亲那样的骗子骗了去；母亲声称，他只对自己两腿间的桃源感兴趣。

雨下得更大了，在窗玻璃上敲出催人困倦的节奏。翠西的肚子突然一阵绞痛，仿佛要将她生生撕开似的。她神色黯然地环视着房间，又一次紧张地扫了眼那只钟。也许她该叫辆计程车，她想着，心底不禁一阵阵惊慌。接着她又想起母亲坚决禁止她乘计程车的主张，考虑到近来接连不断的计程车绑架和强奸案，受害者都是手无缚鸡之力的女学生。翠西知道她不能在这种事上挑战母亲，她一定会大发雷霆的，倘若自己真的在车里发生点什么事，那就更不用说了。再说，她才不愿意把珍贵的财源花在车费上。不，那点从工资里攒下来的钱她得留着帮母亲打理家务，还得买书呢。翠西酷爱读书，母亲说她是个梦想家，建议她把钱花在学校的教科书上，可翠西不在乎。她爱读他人的完美生活，并借此畅想未来的一天她将拥有的美好的一切。

　　这工夫她又想起了父亲：一个和帕尔默先生迥然不同的人。父亲身材高大，膀阔腰圆，衣冠楚楚，仪表堂堂，口齿伶俐且聪慧敏捷。他在一家著名的跨国化工业公司（翠西叫不上名来）的牙买加分部做销售代表，而且还在不断升职。母亲不久前刚威胁过翠西，说要把她送去和父亲一起生活。父亲六年前接到了工作调令，从金斯顿迁居蒙特哥贝了。翠西知道母亲的话仅仅是威胁：那回洛伊丝在书包中找到了某个男孩写给翠西的情书，这威胁是母女俩大吵一场的结果。翠西还知道，洛伊丝从来不会把她的威胁落到实处，除非翠西真的出了格，做出什么罪大恶极的事情，让洛伊丝感到除了动员父亲来对她进行纪律监管外别无选择。不过，这种事情发生的概率低得很，甚至为零——翠西，是个乖乖女。

想到自己根本不知道他的地址，翠西有些窘迫；她母亲拒绝把地址给她，生怕女儿跑掉去找她父亲。然而，父亲的行踪不明让他显得像是自己生命中的过客，一位转瞬即逝的存在，像某个夏令营辅导员那样无关紧要。她无法想象将这些讲给琴米——那一定会让她显得像这个世界上最大的傻瓜。她不知道父亲当下在做什么，是不是舒舒服服地窝在他那温暖的床上，和他的妻子并肩共枕。可细想起来，父亲曾对她说自己是个夜猫子，不到半夜一两点钟绝不肯睡觉——对于他来说，现在的时间就寝太早了。

她以前去过蒙特哥贝，一次是在很多年前主日学校组织郊游时去的，还有一次是陪母亲和她当时的老板——那个明显巴不得和洛伊丝来一腿的男人。第一次去的时候，翠西只记得，印象里的蒙特哥贝不论是景致上还是感觉上都和金斯顿截然不同。她那时候八岁左右，来回花了八个小时整整吐了一路。"晕车。"主日学校的库珀小姐说。她在公交车后面抱着翠西，让翠西把脑袋枕在她的大腿上。自己任性的胃让翠西觉得既失望又丢脸，因为经过开阔的甘蔗地或香蕉田的时候，司机不得不在计划之外停车好几次，而大家都开始悻悻地抱怨"呕吐停站"的频繁。当公交车摇摇晃晃挤过狭窄危险的小路、绕着陡峭的小山蜿蜒而上时，她不得不把头探出窗外才能暂时纾解恶心的感觉。

所幸的是，翠西的恶心在踏进蒙特哥贝时顷刻就消散无踪了。有许多发辫上缀着珠子的白人游客身穿比基尼、短裤和凉鞋四处走动。这里看上去简直就是另一个世界。

再去蒙特哥贝已是一年以后的事了。在度假村度过了一天之后，母亲的上司带着母女俩在住宅区兜风。翠西长大了不少，可又一次像孩子一样爱上了这里。她喜爱北岸海滨线绵延不断、不论车开到哪里都盈满视野的样子；喜爱阳光在海面上跃动时折射出的细小钻石一般的光芒。这片土地有种周日清晨恒驻的悠然，翠西想。这是个阳光明媚的日子，却仍旧清爽，风中飘着丝缕沁脾的清香能让任何剧烈的体力活动变得轻松惬意。他们在码头饭店里享用午餐的时候，她眺望远方，只见片片小舟风帆鼓翼，觉得这真是个美妙宜居的地方。

坐上了母亲上司的车，翠西问道，可不可以去他的房子那边看看呢？母亲从车前座狠狠地瞪了她一眼。没有被邀请，她说，是不能随便登门造访的。"不速之客，无席可坐。"洛伊丝坚决严厉地训斥道。

翠西满心失望。

她用想象力一次次搭建的父亲的房子是个有着低矮天花板的温馨小平房，通风良好的房间雅洁别致，墙壁色彩明快，家具风格古朴。她常常梦想能够和父亲在蒙特哥贝安居。她勾勒的图景是周末和暑假，自己和一个男孩一个女孩——父亲其他的孩子——一起躺在一张床上，卧房中能看到外面的花园盛开着簇簇玫瑰。她这样在脑海中描绘的时候，几乎可以听到走廊对面父亲的呼吸浅浅起伏，透过窗子，可以看到外面夜空中的朗月，在缀着露珠的青草上洒下点点柔光。

这一切都令人安心。

多么美好啊，她想，作为一个真正的家庭的一分子，是多么美好啊。

翠西思念父亲。而她的父母一直没有结婚，父亲永远、永远不会和她们母女俩一同居住。不过，至少他住在金斯顿的那会儿，翠西算是可以常常见到他。现在他已经移居乡下——她知道蒙特哥贝是个城市，不过按照母亲的称呼将它当作乡下——她一共也只见过他两次。

六年以来，她见到父亲两次，不多不少。

她热切地想要再见到他，和他共度时光。有时候琴米会聊起她和她父亲一起做的事情——周末的海滨度假、下棋和扑克游戏、带上母亲一起去做礼拜——而这时的翠西就会感到心底里嫉妒的刺痛，脏腑间堵着一个该死的硬结。她最后一次见到自己的父亲，是两年前他来金斯顿开会的时候。他定期来金斯顿，却鲜少过夜滞留，因此翠西很难有机会看见他。她的父母彼此厌恶，彼此避之不及，而受罪的却是她。这实在太不公平了。

不过，最后见面的那次，父亲确实留了一夜，就在一家与剧院隔着很短车程的高档新金斯顿酒店。翠西放学后，他把她唤来，带她去酒店的餐厅共享晚餐。她的朋友们睁大眼睛望着父女俩开着浅色的越野车驶出了停车场——那着实让她风光了一把。

他们吃了一顿美妙的晚餐，在泳池里游了几个来回，最后在宽绰的酒店房间里边吹空调边看有线电视，为这一天画上了圆满的句号。这一天的翠西感到恍如置身童话之中，她度过了一生中最美好的夜晚。这次逗留即将结束时，翠西不得不将打转的眼泪憋回肚子里，好显得不那么小孩子气。她问他是否还会再见面，可父亲只是拍拍她的头，模棱两可地说道："看情况吧，宝贝。"

现在，她真希望自己那时候记得要他的电话号码，或者，希望他能主动留给她。那个号码和他的地址如出一辙，在拨不开的迷雾之中被小心翼翼地藏着，不想要她解开。为什么她不能够自己接近、自己联系到他呢？

　　一个女孩儿应该能够随心随时和父亲说上话，翠西苦涩地想，这正应该是父亲们的使命。她最想和父亲说话的时候多半在夜里，那会儿正是她最孤独寂寞的时候。当然，母亲还是准她做许多事情的——比如准许她涂口红，准许她晚上没课时参加派对到很晚；另外，她还承诺翠西可以在满十七岁时纹个身。可是，依然有些话题是绝对会让她崩溃的，比如说男孩子——那封偶然发现的情书让洛伊丝爆发出的情绪就是个例子。关于翠西开始对男孩子们萌生的情愫，她对母亲无从谈起；每每她试着打开这个话题，母亲便会警告她别中了招，仿佛怀孕是这世上最可怕的事情。

　　她父亲则不同。他和洛伊丝来自完全不同的社会阶层，他们的分歧自翠西出生以来便开始逐一浮出水面了。父亲在洛伊丝曾经工作过的五金店邂逅了她。他是中产阶级家庭出身，有一对注定要反对他结交洛伊丝之流的父母。他们的爱情是在地下进行的，一般是他暗中溜到贫民区去与她幽会。他们交往了不到六个月，洛伊丝就怀孕了。很显然，翠西的出生让洛伊丝有一种美好的错觉，以为他会迎娶自己，或者至少将她们迁移到他所居住的市郊。然而这一切都没有成真，洛伊丝便控诉他是因着她的住处和身份蒙了羞。作为回击，他怪罪洛伊丝是为了牵住他而蓄意怀孕。翠西出生之后，他们的争吵越来越频繁，直到二人落得容不下和对方同处一室的局面。

翠西记得小时候的一个晚上，她听到他们争吵不休。那天傍晚，她一放学就早早地回家了，盼着父亲来看望她。然而直到睡觉时，父亲依然不见踪影，她只好怏怏地上床睡觉。恍惚中，她听到他的声音在隔壁——她母亲的房间响起。她正要一跃而起奔向他，才觉察到父母正在激烈地争吵，家具被掀翻，满屋子乱糟糟的，而翠西僵直地挺身坐在床上，心中恐惧不已。

"你以为你可以就这样想来就来、说走就走吗？"翠西听到母亲在叫喊。接着是拽门、摔门的声音。"你真的认为，我可以永远做你的小老婆，是不是？你认为你想摔我的抽屉就可以摔吗？你怎么不到城郊那个女人那里去摔她的抽屉？"

"对，就是这样！"翠西听到父亲反击说，他洪亮的声音在快要散架的房子里回荡着，好像将墙壁震得摇晃起来了。"我听说你有了男人，你知道的，有了很长时间了！你有情人，所以你现在在给自己找借口！"

"是，我有男人了！"洛伊丝的声音变得尖锐刺耳。"那跟你有什么关系？你娶我了？你给我套戒指了？我没有义务服从任何人！"

这样激烈刺耳的愤怒是翠西从没听到过的。她躺在那儿，五岁的小心脏怦怦跳动。她听到母亲把刀叉餐具扔向墙壁，对父亲大声咒骂——这是翠西从没见到过的，此刻她好像宅院里同住的某个别的女人，习惯了成天连珠炮似地爆着粗口。翠西并非是被母亲的反应吓到了，是其中的粗鄙让她生出了恐惧和幽怨。

自那之后，洛伊丝就开始邀各路男人上门参访。在商店里遇见的男人们，在公车上遇见的男人们。这些男人会在家里过夜，第二天就离开，再也不回来。她似乎铁了心要刁难父亲，刺激他。可惜她算错了他，因为那时候，他和销声匿迹已经无甚区别了，只是在节日或翠西的生日才象征性地短暂拜访。而他实实在在地露脸的时候，对洛伊丝的厌恶简直是溢于言表。

后来有一天，他彻底从她们的生活中消失了。

绵绵不断的雨终于让街上的舞蹈告一段落。翠西回过神来的时候，一切都早已于沉寂中落定。忽然，墙壁上打出条条斑驳光影——外面，一辆小汽车亮着前灯从街道上驶近了。

翠西坐起身来，感到一阵舒心。是帕尔默先生！她匆忙地跑上前去，屁股磕到了桌角也顾不上疼，冲到窗前热切地凝视着外面。拜托，一定是帕尔默先生啊。拜托，一定是帕尔默先生啊——她定定地望着外面的雨夜，发觉自己正一边揉着磕青的屁股，一边这样无声地祈祷着。

那不是帕尔默先生的车。

车型不对，颜色也不一样，不是帕尔默先生那辆有点碰坏了的白色丰田车。车子飞驰，驶过停车场，没有一点慢下来的意思。视线里再没有别的车了。

出了什么事了，帕尔默先生不会回来接她了，那一刻，翠西醒悟过来。

想到这儿，她明白她的父亲也不会再回来了。

翠西回到书桌旁，双眼盈满泪水。她透过朦胧的泪水瞪着那个镇纸，拿起它，回身掷向窗户。在夹层玻璃上，书镇的击打连一个凹痕都没有留下。

　　一个女孩，应该能够随心随时和父亲说上话。

翠西伫立在灯光暗淡的屋子里，静谛着车子离开，越开越远，四只车轮经过湿滑路面上的水坑，碾出嘶嘶的响声。她的一部分就这样被那辆车带走了，一同消失在寒凉阴暗的夜晚深处。

（沈新月　译）

图书在版编目（CIP）数据

女王案：当代牙买加短篇小说集 / (牙买加)阿莱
西亚·麦肯齐，陈永国主编；陈永国，沈新月译 . — 北
京：北京大学出版社，2018.10
　ISBN 978-7-301-29809-1

　Ⅰ.①女… Ⅱ.①阿… ②陈… ③沈… Ⅲ.①短篇小
说 – 小说集 – 牙买加 – 现代 Ⅳ.① I754.45

中国版本图书馆 CIP 数据核字 (2018) 第 192617 号

书　　　名	女王案：当代牙买加短篇小说集	
	NÜWANG AN	
著作责任者	〔牙买加〕阿莱西亚·麦肯齐　〔中〕陈永国 主编　陈永国 沈新月 译	
责 任 编 辑	于海冰	
标 准 书 号	ISBN 978-7-301-29809-1	
出 版 发 行	北京大学出版社	
地　　　址	北京市海淀区成府路 205 号　100871	
网　　　址	http://www.pup.cn　　新浪微博:@北京大学出版社	
电 子 信 箱	pkupw@qq.com	
电　　　话	邮购部 010-62752015　发行部 010-62750672　编辑部 010-62750883	
印 刷 者	天津光之彩印刷有限公司	
经 销 者	新华书店	
	880 毫米 ×1230 毫米　32 开　7.75 印张　101 千字	
	2018 年 10 月第 1 版　2018 年 10 月第 1 次印刷	
定　　　价	50.00 元	